Hannes Sonnberger
JA. EH.

Facebook-Miniaturen 2016-2017

Alle Rechte vorbehalten
Copyright © 2017, Dr. Hannes Sonnberger
www.drsonnberger.com

Umschlaggestaltung, Satz & Fotos:
Genious Graphics Gabriele Sonnberger

Porträtfoto: Michael Schipper

Herstellung und Verlag:
BoD – Books on Demand, Norderstedt
ISBN 978-3-7448-8167-8

JA. EH.

Für Lisa, Paul und Hannah.

In Liebe
Euer Scheps

Warum? Facebook ist im Lauf der letzten drei bis vier Jahre für mich zu einem sehr speziellen Medium geworden. Am ehesten trifft der Begriff „Appetenz/Aversions-Konflikt" auf unser kompliziertes Verhältnis zu. Die Lust auf und die Abneigung gegen Facebook stehen in einer so delikaten Balance, dass das Bedürfnis, dort eine Buchstaben-Spur zu ziehen, immer wieder einmal um Haaresbreite gewinnt.

Als ich einmal glaubte, es wäre „alles gesagt" und ich demgemäß eine mehrwöchige Schreib-Abstinenz einhielt, haben mich einige meiner Facebook-Freunde angeschrieben und mein „Ausscheiden" bedauert, obwohl wir einander niemals persönlich begegnet sind.

Umgekehrt hat mich mein Leben auf Facebook mit einigen großartigen menschlichen Gewinnen belohnt, ohne deren Existenz in 3D ich mir mein echtes soziales Leben gar nicht mehr vorstellen will. Aus dieser Ecke habe ich liebevolle Fragen erhalten, ob es wieder ein Büchlein von mir geben würde. Und hier trafen Freundschaft und Eitelkeit aufeinander.

Eine Durchforstung meiner textlichen Absonderungen der letzten beiden Jahre ergab zumindest ein so ausreichendes Volumen, dass sich wieder ein kleiner Band mit Miniaturen herstellen ließ.

Als Titel habe ich mir eine Wortspende ausgesucht, die ich vorzugsweise für meine Antworten auf Kommentare benütze: **Ja. Eh.**

**Wenn wir das Mitgefühl ignorieren,
hat die Vernunft ihr Recht verloren.**

Zu den schönsten Erinnerungen an meinen Vater
gehört der Sommer 1975. Ich hatte den ganzen Juli in Grenoble bei einer französischen Gastfamilie verbracht, um endlich ordentlich Französisch zu lernen. Vormittags Schule, Nachmittags Sport und andere Lustbarkeiten. Der Erfolg war überwältigend. Ich hatte mich sprachlich aus der Hoffnungslosigkeit ins beinahe akzentfreie Parlieren bewegt. (Heute fast alles verschütt gegangen). Am Ende der vier Wochen holte mich mein Vater mit dem Auto ab (ein dunkelgrüner Volvo 144). Und wir starteten auf eine zweiwöchige Tour kreuz und quer durch Frankreich. Zuerst in die Camargue, wo ich mich lebenslang mit einer Sehnsucht nach dieser einzigartigen Landschaft infizierte. Und dann hinauf ins Zentralplateau, in eine Gegend, die man Larzac nennt. Dort – im Kalkgebirge – gedeiht nur der Roggen. Die Leute züchten Schafe und machen den wunderbaren Roquefort-Käse. Einer der wenigen bekannten Orte dort hat dieser Köstlichkeit seinen Namen gegeben. Wir erreichten ein kleines Dorf namens La Cavalerie. In diesem Nest war Vati ein Jahr lang in französischer Kriegsgefangenschaft gewesen. 1975 war das Lager als Kaserne weiter in Betrieb. Vati war 1945 bis 1946 zur Arbeit bei den Bauern abkommandiert und außerdem wegen seiner Französisch-Kenntnisse Chauffeur beim örtlichen Baron. Unser erster Weg führte uns zu dem Bauernhof, wo Vati gearbeitet hatte. Und der nunmehr alte Bauer erkannte ihn sofort. In Windeseile hatte er seine ganze Familie zusammengetrommelt. Dazu gehörte sein Sohn (etwa in

Vatis Alter) plus Ehefrau und deren Kinder (etwa in meinem Alter). Das Grab der leider schon verstorbenen Frau des Bauern wurde aufgesucht. Und dann inszenierte die Familie ein Fest, das seinesgleichen suchte. Im Hof des Gebäudes wurde eine Tafel aufgebaut, an der alle Platz nahmen. Dann wurde aufgetischt. Gemüsesuppe, ein Lammbraten zum ohnmächtig werden, ofenwarmer Kirschkuchen und eine Sensation eines Roqueforts, für dessen angeblich mangelnde Reife sich der Bauer ununterbrochen entschuldigte, während die unglaubliche Würze des Käses unsere Gaumen in den Wahnsinn trieb. All das begleitet von purpurrotem Landwein, den die Bauern während der Feldarbeit tranken – ein Lebenselixier! Während der gesamten Feier hatte es meinem Vater die Sprache verschlagen. Er, der sich bis dahin noch immer sehr gewandt ausgedrückt hatte, bat mich alle paar Minuten um sprachliche Übersetzung seiner Emotionen. Und dann kam der Sohn des Bauern mit einem staubigen Relikt vom Dachboden herunter. Eine feuerrote Ziehharmonika. Mit Tasten, nicht mit den in Frankreich üblichen Knöpfen. Auf DIESEM Instrument hatte mein Vater 30 Jahre zuvor gespielt. Und er hat sie sich umgeschnallt und gespielt. All die Schlager von damals. La Paloma, Lili Marlen, ... Und während dessen sind ihm die Tränen das Gesicht heruntergekullert und allen um ihn herum auch.

Nein. Als Lebenselement mindestens so wichtig, wie das Ja. Die meisten von uns sprechen als erstes Wort nicht Mama oder Papa aus, sondern Nein. Weil wir es andauernd hören. „Nein, nicht da raufklettern! Nein, nicht da runterspringen! Nein, nicht in den Mund nehmen! Nein, nicht anfassen!" Und kaum haben wir das Nein drauf, ist es auch schon wieder schlecht. „Nein, ich will die Suppe nicht essen! – Dann gehen wir aber nicht ins Kino!" „Nein, ich will die blöde Hose nicht anziehen! – Dann gehen wir aber nicht zum Spielplatz!" „Nein, ich will Oma kein Bussi geben! – Dann gibt's aber kein Taschengeld!" So verlernen wir das Nein. Und wenn wir es dann dringend brauchen, ist es nicht mehr da. Das Nein ist die wichtigste Schutzimpfung gegen Burn Out und gegen den Verlust der persönlichen Würde. Nein, ich kann die zusätzliche Schicht nicht übernehmen. Nein, ich möchte das Wochenende endlich wieder mal mit meinen Kindern verbringen. Nein, ich kann und will die Gesetze der Physik nicht aufheben. Das Nein ist eine Pflichtvokabel für Führende und Geführte gleichermaßen. Es schützt vor überhobenen Erwartungen und unerreichbaren Anforderungen. Es ist auch ein elementar wichtiges Tool für alle Dienstleister. So wie es unübertroffen in einer Eigenanzeige von Y&R aus den 6oer Jahren formuliert worden ist. Sinngemäß: Ja sagen, wenn wir es können und Nein sagen, wenn wir es müssen. Zitat: „It (our backbone) makes us deliver service instead of servility." Voraussetzung: Rückgrat – ein beinahe schon in Vergessenheit geratener Körperteil.

Absoluuutes Sprechverbot! Im Gymnasium hatten wir einen recht schrulligen Professor für „Bildnerische Erziehung". Er hatte schon einige Jahrzehnte Schuldienst auf dem Buckel und seine Lust, sich immer wieder auf die gleichen schülerisch-schwierigen Entwicklungs-Stufen einzulassen, war bereits sehr dezimiert. Unsere Anwesenheit war ein bereits vollkommen ausreichender Störfaktor. Das Wort zu erheben – worst case: zu schwätzen! – war definitiv außerhalb jeder Toleranz. Der Beginn der 2-stündigen Exerzitien war deshalb vom Eintreten des Professors in den Zeichensaal geprägt. Unter dem Arm das Klassenbuch („Klabu") erschien Lothar Fink und verkündete: „Absoluuuutes Sprechverbooot! Sonst: Klabu!" Wer sich daran nicht halten konnte oder wollte, musste mit einer Strafaufgabe in eskalierendem Ausmaß rechnen. Eine „Leier", die im milden Ersttäter-Fall 1x, im Wiederholungsfall 10x und im notorischen Gewohnheitsverbrecher-Fall 100x mit Rhedis-Feder Nr.3 in Großbuchstaben geschrieben werden musste. Der Wortlaut dieser Leier: „Ohne Erlaubnis habe ich nicht zu sprechen. Glaube ich, trotzdem etwas für den Unterricht ungemein Förderliches beitragen zu müssen, so hebe ich – bescheiden, wie ich nun einmal bin – von meinem Sitze aus die Hand. Ich spreche jedoch nur dann, wenn ich eigens dazu aufgefordert worden sein sollte. Ansonsten halte ich den Mund. Ich bin ein Oberschwätzer." Am Umstand, wie gut ich noch heute den Originaltext abrufen kann, ist gut erkennbar, dass der Leitgedanke „Der Mensch lernt durch Wiederholung" wirklich stimmt. Für jene kriminellen Elemente, deren Strafregister auf 100 Wieder-holungen angeschwollen war, hatte ein Mitschüler ein „Schreibbüro" eingerichtet. Der Gute hatte 3 ältere Schwestern, die ihn doch recht nachhaltig unterdrückt hatten. (Vielleicht ist er deswegen Sexualtherapeut geworden. Aber das ist eine andere Geschichte.) Aber im Fall ökonomischer Freiheit hatte Herwig sich eine Nische erkämpft. Man konnte bei unserem Jung – Unternehmer beliebig viele Fassungen der Leier bestellen, solange man imstande war, 1 Schilling pro Leier auszugeben. Und die Schwestern schrieben mit zarter Hand wie am Fließband.

Das Geschäft florierte bis zu unserer Matura.

Meine Omi. 1911-1994. Eines von vier Kindern eines aus dem damaligen Stuhlweißenburg nach Steyr eingewanderten ungarischen Installateurs namens Franz Kriszan. Der hatte aus allerkleinsten Anfängen ein unbedeutendes Handwerksunternehmen gegründet, das meine Omi zum ersten Haus der Stadt mit über 70 Mitarbeitern hochzog. Sie war eine herbe Schönheit, übertroffen von ihrer jüngsten Schwester, die jungverheiratet an Lungenentzündung starb. Es verblieben die zweite Schwester und der Nachzügler-Bruder, der im Krieg gefallen ist. Meine Großeltern waren an Unterschiedlichkeit nicht zu überbieten. Opi als 1 Meter 95 Kerl mit 140 Kilo, als Landwirtschaftsinspektor sehr dem Rustikalen zugetan. Omi als mondäne Dame, die Schlendrian und Gemütlichkeit hasste. Gleich nach dem „Anschluss" ließ sie sich scheiden. (Das war im vorherigen klerikalen Österreich nicht möglich.) Nach dem Krieg ist sie mit dem Lastwagen durch die russische Zone gefahren und hat Rohre und Klomuscheln ausgeliefert. Ihre Schwester hatte noch in den 30er Jahren den Installateur-Gesellenbrief gemacht – eine Sensation für die damalige Zeit. Als Anfang der 50er Jahre der Bauboom einsetzte, florierte das Unternehmen ganz gewaltig. Omis Schwester zog sich ganz aus der Firma zurück und wollte in Ruhe ihre 50% des Gewinns genießen. Bis sie draufkam, dass sie von ihrer Schwester ganz gehörig beschissen worden war. Ab Mitte der 60er Jahre haben die beiden Frauen bis zum Tod nichts mehr miteinander geredet und saßen beim Friseur schweigend nebeneinander unter den Trockenhauben.

Omi führte ein für die damaligen Verhältnisse geradezu liderliches Leben. Mindestens ein Dutzend Ehen gingen in Steyr und Umgebung zu Bruch, nachdem die Gute die jeweiligen Ehemänner vernascht hatte. Wenn sie gut drauf war, schmierte sie die Gasthausgeiger mit ein paar Hundertern und tanzte zu später Stunde auf den Wirtshaustischen Csardas. Als Omi war sie eine Vollkatastrophe, als Freundin der reine Genuss. Als wir diese Option füreinander entdeckt hatten, war der Weg frei für einige sehr unterhaltsame Jahre. Sie hatte eine sehr lange Affaire mit einem leitenden Mitarbeiter in ihrer Firma. Der war verheiratet – was sonst – und jeden Montag Abend stand sein Auto vor Omis Haus. Die Ehefrau ließ sich ihr Schweigen gebührend abgelten. Dann fing der Liebhaber ein weiteres Verhältnis an und die junge Dame wurde schwanger. Von drei Frauen unter Druck gesetzt, warf er sich vor einen Zug. Omi wurde Taufpatin seines Kindes. Omi war sehr vertrauensselig, obwohl ihr Wahlspruch „Die Welt betrügt, also betrüge sie" gewesen war. Ein Wahlneffe führte ihre Buchhaltung. Er hatte ein Verhältnis mit ihrer Sekretärin. Die beiden zockten die Firma in den Konkurs. Dem Wirtschaftsmagazin „Trend" war das eine Geschichte mit dem Titel „Dynasty in Steyr" wert. Omi hatte noch ein bisschen Schwarzgeld gerettet und starb im Altersheim. Sie war eine herrliche Frau.

Gedanken in der Reha-Klinik. Selten hat man die Gelegenheit, sich 24 Stunden lang, mehrere Wochen hindurch in einem so gut durchmischten Biotop aufhalten zu können. Alle sozialen Schichten, viele Nationalitäten und auch – sichtbar – mehrere Religionen. Viel hören, viel schauen, viel nachdenken.

■ These 1. Könnte es sein, dass die sogenannte aufgeklärte Zivilgesellschaft, zu der auch ich mich selbstbewusst rechne, in den letzten 2 bis 3 Jahrzehnten übersehen hat, dass all die großen Werte wie Toleranz, Respekt, Gendern, Gleichberechtigung, Wertschätzung, Emanzipation, Geschichtsunterricht, Entnazifizierung usw. (Liste nicht vollständig) bei einem sehr großen Teil der Bevölkerung nicht angekommen sind?

■ These 2. Könnte es sein, dass all diese Errungenschaften der Aufklärung und des modernen Zusammenlebens nicht nur nicht angekommen sind, sondern einem großen Teil der Bevölkerung ordentlich auf die Nerven gehen? Weil deren Alltag von ganz anderen Themen gesteuert wird. Weil der blanke Überlebenskampf all diese scheinbaren und gefühlten Orchideenthemen brutal überlagert.

■ These 3. Könnte es sein, dass alle Bemühungen um Integration der bisher nicht aus Kriegsgebieten Zugewanderten über weite Strecken gescheitert sind? Weil diese Bemühungen entweder gar nicht oder nicht passend gesetzt wurden. Weil die Zugewanderten nicht passend in ihrem Status abgeholt wurden. Weil die Zugewanderten auch zu einem nicht unerheblichen Teil gar keine Lust hatten, unsere Gebräuche anzunehmen. Weil „wir" auch keine Lust hatten, uns für deren Gebräuche zu interessieren.

■ These 4. Könnte es sein, dass sich der über sehr viele Jahre aufgestaute Frust über eine Themen-Herrschaft, die am Leben eines großen Teils der Bevölkerung einfach drübergefahren ist, sich nun durch den besonders leichten Zugang zu sozialen Medien einfach Bahn bricht? Und in seinem brachialen Zorn auch gleich das fundamentale Scheitern der Bildungspolitik offenlegt. Und seitens der aufgeklärten Bildungsbilder nur Hohn und Verachtung über katastrophale Orthographie, Syntax und auch sonstige Schrecklichkeiten übrigbleibt, anstatt nachdenklich zu werden, wie weit sich die „Schichten" schon in großer Unversöhnlichkeit voneinander entfernt haben.

■ These 5. Könnte es sein, dass mittlerweile der jahrelang glosende Hut lichterloh brennt und wir alle – während wir noch ratlos mit dem Thema der Migration umgehen – zugleich die fundamentalsten Hausaufgaben erledigen müssten? Wie man miteinander umgeht. Wie man zuhört, ohne zustimmen zu müssen. Wie man Kompromisse schließt. Wie man den Verdacht zulassen kann, der andere Mensch könnte recht haben. Wie man sich aus den Schützengräben der festgefahrenen Meinungen herausbewegt.

Als Coach habe ich solche Grundsatzfragen jeden Tag im zwischenmenschlichen Bereich am Schirm. Und ich weiß, wie unendlich anstrengend es für alle Beteiligten ist, aus den Betonschuhen herauszusteigen. Aber auch: Wie wunderbar erleichternd und befriedigend es ist, auf der

Basis eines ordentlich durchdachten Referenzrahmens der eigenen Bedürfnisse Platz freizumachen für die des anderen Menschen. Irgendwann werden wir sonst alle mit unseren Betonschuhen über die Hafenmauer hüpfen und jämmerlich untergehen. Im Bewusstsein, immer nur recht gehabt zu haben, wird uns allen die Luft ausgehen.

Und außerdem. Wenn Menschen lange (auf dem Rücken) liegen und nach dem Aufstehen nicht auf ihre Optik achten, dann haben sie einen recht zerstrobelten Hinterkopf.

Flache Frisur, die Haare schopfartig nach oben gedrückt, die Fläche darunter in unregelmäßigen Bahnen zerteilt. Da fühlt man sich als beherzter Glatzenträger irgendwie tiefenentspannt. (The same applies to etepetete Business Reisenden, die im Flugzeug einpennen) Was anderes: Schon seltsam, wie unglaublich dick manche Menschen werden können und trotzdem von Ärzten neue Gelenke eingeschraubt kriegen, bevor sie abgenommen haben. Oder auch irgendwie eigenartig, was sich jemand denkt, der auf Kur geht und um 10.00 in der Kur-Konditorei ein Bier haben will. (Ja, ich hab mir zwischen zwei Anwendungen dort einen schnellen Espresso reingezogen). Und: Faszinierend, was mittlerweile fast 3 Wochen Reha bewirken. Kilos: Minus 5. Bauchumfang: minus 5. Schmerzen: 0 (in Worten: Null) Freu mich. :-)

Dialog zwischen zwei Patienten. Oder: Die Grenzen des Dialekts.

A: Hüfts nix, so schodts nix.

B: Wos host gsogt?

A: Hüft es nix, so schodt es nix.

B: Eh.

Jeder Mensch tut gut daran, mit den eigenen Ansätzen zur Niedertracht achtsam umzugehen. Wer sich diese Arbeit nicht antun will, ist darauf angewiesen, die Angst vor der vermeintlichen Niedertracht der „anderen" zu schüren.

Meine Freundin Olive. Neulich hat ein lieber Freund, der mein Buch gelesen hat, festgestellt, dass ich ein Freundes-Räuber bin. Ich reisse mir Freunde von Freunden unter den Nagel. Genauso ist es mit Olive und mir gelaufen. Sie gehört zum inner cercle meiner Frau. Aber bereits beim ersten Kennenlernen sind Olive und ich in großer Zuneigung füreinander entbrannt. Im absolut korrekten Sinn: Ich liebe sie. So vieles verbindet uns. Die Leidenschaft für Frauen. Für Politik (auch wenn wir da trefflich streiten können). Die eine oder andere Allergie (auch wenn es nicht die selben sind). Das Talent für die Wahl nicht passender Partner (da bin ich durch den Altersunterschied meiner Olive wohltuend davongeeilt). Das „Empathische". (Olive hat ein Platzerl für unsere Lilli-Katze gefunden/siehe oben – Stichwort „Allergie"). Vielleicht waren wir in einem anderen Leben einmal Bruder und Schwester. Jetzt – in diesem Leben – bin ich einfach nur froh, dass es sie gibt. „Meine" Olive.

Wennst freihändig aufm rechten Bein in der Dusche stehst. Und in der rechten Hand hast den Duschkopf. Und aus dem strahlt ganz weich lauwarmes Wasser. Und dann hebst das linke Bein. Sodass der linke Fuß so auf Kniehöhe vom rechten Bein ist. Und dann lasst des schöne lauwarme Wasser ausm Duschkopf über die Fußsohle vom linken Fuß rinnen. Dann – ja dann – hat die Reha wirklich was gnutzt.

Ich muss nicht in der Nazi-Zeit gelebt haben, um zu wissen, dass der Holocaust das grauenhafteste Verbrechen der Menschheitsgeschichte ist. Oder dass „Unsere Ehre heißt Treue" der Wahlspruch der SS war. Oder dass das Schüren von Feindbildern und Rassismus der Anfang einer bestialischen Politik gewesen ist. All das kann man – muss man – wissen. Ein bisschen Schulunterricht gepaart mit Anstand reichen vollkommen. Und ich muss nicht im Morast in Griechenland campen, um zu wissen und zu spüren, dass es sich dabei um das Resultat einer zutiefst beschämenden Politik handelt. Ich muss nur Mensch sein, um kein Nazi zu werden. Und um mich für all das, was die damaligen und die heutigen Nazis tun, zu schämen.

Grüabal im Kinn. Ich habe ein Grübchen im Kinn. In das pflegte meine innig geliebte Schwiegermama ihren Finger zu legen und zu sagen: „Du weißt schon, warum ich Dich so lieb hab." (Ach Mama, ich vermisse Dich!) Bei meiner Geburt war dieses Grübchen eine tiefe Kerbe, die sich erst langsam zusammenzog. Auch sonst dürfte ich kein sehr erbaulicher Anblick gewesen sein. Mein Körper war von einer durchgehenden Flaumschicht überzogen und – man würde es heute nicht für möglich halten – auf meinem Kopf hatte sich dichter schwarzer Haarwuchs bis in die Stirn ausgebreitet. Mein Vater hat in seiner Verzweiflung angeblich gesagt: „Na ja, Hauptsache gsund is er." (Was sich später auch als Irrtum herausstellen sollte.)

Mit der Zeit wichen die optischen Irritationen und es wurde ein einigermaßen herzeigbares Kerlchen aus mir. Wie auch heute noch bei vielen Verwandten und Eltern-Freunden kleiner Kinder üblich, blieb auch ich nicht vor Bemerkungen wie „Na Du bist aber gewachsen!" oder „Freust Dich schon auf die Schule?" verschont. Am meisten geärgert hab ich mich aber über all jene, die manisch auf mein Grübchen im Kinn fixiert waren und bei jeder Begegnung fragten „Na, wo hast Du denn das siaße Grüaberl (oberösterreichisch!) her?" In Ermangelung einer passenden Antwort und schon recht angefressen wegen der dauernden Fragerei habe ich meinen Opi um Rat gebeten. Der war der ehemalige Bürgermeister seiner Heimatgemeinde und immer noch recht stolz auf diesen Titel. Und: Auch er hatte ein Grübchen im Kinn (und ein Loch in der rechten Handwurzel nach einem Bajonettstich im Ersten Weltkrieg).

So empfahl mir mein Opi: „Wennst wieder gfragt wirst, von wem Du das Grüaberl hast, dann sagst: Vom Herrn Bürgermeister!" Erleichtert über diese doch recht simple und merkfähige Antwort zog ich von dannen und harrte der nächsten Gelegenheit, die sich planmäßig und bald einstellte. Eine mit gnadenloser Dauerwelle bewaffnete Wahltante steuerte zielsicher auf mich zu, hatte den Zeigefinger schon im Anschlag und fragte: „Na Hansi (ich hasste es, wenn man mich Hansi nannte), wo hast Du denn das siaße Grüaberl her?" Und wie aus der Pistole geschossen kam die Antwort: „Vom Herrn Bürgermeister!" Entsetzen in der Runde und insbesondere meine Mutter wurde bleich: Der damals amtierende und der Weiblichkeit nicht abholde Linzer Bürgermeister hatte auch ein markantes Grüaberl im Kinn ...

Der eine und der andere. Der eine ist nach dem Krieg und einem Jahr Gefangenschaft zurückgekommen. Mit einer Trachtenjoppe und einer kurzen Lederhose. Sonst nichts. Hat seine Heimat erst 20 Jahre später wiedergesehen und Rotz und Wasser geheult, als im finsteren Kommunismus ein Baby getauft wurde. Eingewickelt in eine speckige Autodecke in der verwahrlosten Kirche, in der er selbst getauft worden war. Damals. Der andere hat sich wegen seiner Kurzsichtigkeit irgendwie durch den Krieg manövrieren können. Sein Humor war flächendeckend. Keine Pointe wurde ausgelassen. Zu keinem Preis. Er entsprach keinem männlichen Schönheitsideal, das zu irgendeiner Zeit gegolten haben mag. Aber die Frauen liebten seinen Schmäh. Reihenweise. Der eine und der andere waren beste Freunde. Und so verschieden. Der eine hatte seine liebe Not mit den Frauen. Vielleicht hätte er viel lieber schwul gelebt. War damals strafbar. Und das hätte ihn um seine Familie gebracht, die er auf seine Art so liebte. So war er halt irgendwie anders. Elegant. Schüchtern. Hut niemals ohne Handschuhe. Und umgekehrt. Der andere wusste nicht so recht, wie man liebt. Eher, wie man Liebe macht, ohne sich fortzupflanzen. Aber er war loyal.

Sehr sogar. Er war der beste vorstellbare Freund. Und ein elender Vater. So ähnlich, wie sein Freund und doch irgendwie anders. Von Politik hatten sie die Schnauze voll. Hat ja doch nur in den Krieg geführt und nachher. Ja, nachher gab es wenigstens Autos mit Automatik. Und Farbfernseher. Und Stereogeräte. Radio, Plattenspieler und Cassettendeck in einem. Da wetteiferten sie, die beiden. Wer früher das modernere Kastl hatte.

Als der Eiserne Vorhang fiel, freuten sie sich.

Weil sie es dem Scheiß-Kommunismus endlich gezeigt hatten. Und als die Tschechen – blass und in schlechter Kleidung – über die offene Grenze kamen, war ihnen das nicht recht. Erst recht nicht, als die großen Handelsketten von den Lastwagen herab die Südfrüchte verschenkten. Wäre nicht nötig gewesen, meinten sie. Schon wieder die Politik, von der sie eh immer schon nichts gehalten hatten. Da wollte der andere dann bei der nächsten Wahl ein gebrauchtes Häuslpapier in die Urne schmeißen. Der eine war 9 Jahre später tot. Alkohol. Der andere war ihm ein Jahr vorher vorausgegangen. Darmkrebs. Ihre Söhne sind so verschieden, wie ihre Väter. Nur verkehrt herum. Der eine hat Jahrzehnte gebraucht, bis er zu seiner Mitte gefunden hatte. Der andere hat seine Tanzschulpartnerin geheiratet. Und langsam finden sie zusammen.

Ich will mein Europa zurück. 5 Minuten vor dem Boarding nach München informiert eine mäßig gut gelaunte Dame des Bodenpersonals der Fluglinie meines Vertrauens, dass bei Reisen nach München das Schengen-Abkommen außer Kraft ist. Ohne gültiges Reisedokument keine Einreise. 1 x alle 127 Flüge nach Deutschland hab ich meinen Pass nicht mit. Heute. Ich frage nach: Geht Führerschein auch? Und es geht noch ein bissi unfreundlicher – ist ja schließlich Bodenpersonal. So wie Bodenplatte. „Ich mache Sie darauf aufmerksam, dass der Führerschein kein amtliches Reisedokument ist. Wenn Sie fliegen, tun Sie das auf eigenes Risiko und Sie müssen auch die Strafe selbst bezahlen." Jetzt versteh ich zwar, dass die Münchner seit fast 100 Jahren Bedenken gegen einreisende Oesis haben, aber meine Landsleute könnten sich doch wenigstens ein bissi freuen, wenn ich ausreise.

Nachdem schriftlich festgehalten wurde, dass das gesamte Risiko dieses Himmelfahrtskommandos ganz allein bei mir liegt, darf ich ins Flugzeug. In München standen dann zwar recht schwer bewaffnete Grenzer beim Eingang, meinen Führerschein wollte aber doch keiner sehen. Und raus lassen werden sie mich schon wieder. Wie gesagt: Ich will mein Europa zurück. Dann klappt das auch mit dem Bodenpersonal.

Jack & Ivy Wonfor. So hießen meine Gasteltern im Sommer 1974 in Canterbury. Sie waren damals etwa so alt, wie ich es heute bin. Bewohnten so ein typisch südenglisches Haus, wie man es aus Ms.Marple-Filmen kennt. Drei Söhne, alle schon aus dem elterlichen Haus raus. Da war eben noch ein Zimmer frei und es war für mich. Morgens kam Ivy zu mir ans Bett, hatte eine Tasse Tee dabei und flötete: „Good morning, Darling, a cup of tea!" Den Tee hatte ich sehr nötig, denn abends nahm mich Jack oft und gern mit in sein Pub „Bat and Ball", wo sich die Veteranen seines Cricket-Clubs trafen. Das Ehepaar Wonfor lebte nach Kriterien, die heutigen Bestrebungen nach „Gleichberechtigung" ziemlich widersprachen. Ivy verwaltete das gemeinsame Geld und hielt das gesamte System am Laufen. Jack arbeitete als Lagerverwalter bei einem großen Supermarkt.

Er hielt das Haus instand und liebte seine Familie. So einfach war das für die beiden. An den Donnerstagen und Freitagen hatte er eine längere Allein-Ausgeh-Lizenz ins Pub. Von dort kehrte er dann so gegen 23.00 mit ein oder zwei bei Ivy akkreditierten Buddies heim, um ein schon vorbereitetes late supper zu genießen. An den Samstagen bestand absolute Pflicht, zu zweit auszugehen. Die beiden hatten mich von Anfang an in ihre Familie integriert. Nur der von meiner Mutter in rauhen Mengen eingepackte Mohnstrudel (Notversorgung für den Buam) erweckte wegen seiner Zutaten tiefes Mißtrauen bei den Natives und wurde hartnäckig verachtet.

Das war aber auch schon das einzige Objekt Wonforscher Verachtung.

Die beiden waren in der Substanz tolerant. Langsam, Tag für Tag mehr, wurde mir immer klarer, dass Jack im 2. Weltkrieg an mehreren Kriegsschauplätzen gekämpft hatte. Wie durch ein Wunder war er heil davongekommen. Eines Tages erzählte ich ihm von einem sehr irritierenden Erlebnis in einem Bus in Canterbury. Ein Freund und ich hatten uns auf Deutsch unterhalten und waren wütend von einem älteren Herren angeschnauzt worden. Jack wusste gleich, von wem die Rede war.

Der Mann war bei einem deutschen Bombenangriff auf London verschüttet worden und hatte dabei seine ganze Familie und seinen Verstand verloren. Die Wonfors waren Menschen von einer beispielgebenden Herzensbildung. Sie waren nie wirklich weit aus England rausgekommen (außer eben als Soldat im Krieg), aber sie hatten einen unendlich weiten Horizont der Menschlichkeit. Zwei Jahre nach meinem Sommer bei ihnen haben sie uns in Linz besucht. Ich habe sie noch einige Male gesehen, sogar in meiner Zeit in den internationalen Agenturen noch. Dann habe ich den Kontakt nicht weiter gepflegt und wir haben uns aus den Augen verloren. Ich vermisse sie heute. Leute wie sie.

„Sehnsucht". Das war meine Ein-Wort-Antwort vor sieben Jahren. Auf die Frage, was mir denn fehlen würde. Die Freude aufs Nach-Hause-Kommen. Der liebe Gott hat's gehört und mir dann ein paar Jahre voller Sehnsucht geschenkt. Großes Unglück. Durch diese Jahre hat mich mein allerbester Freund begleitet. Mit Toleranz. Mit Strenge. Mit zorniger Loyalität. Mit Abstand und mit Nähe. Unvermutet und geplant.

Und es war klar, daß er wieder mein Trauzeuge sein würde, als mir das Glück mit meiner Frau so offenherzig zulächelte. Seitdem ist die Sehnsucht meine Freundin geworden. Auf jedem Flug, in jedem Zug, beim Spaziergang um die Ecke begleitet sie mich. Zielsicher. Antreibend. Motivierend. Auf dem Weg nach Hause. Zu meiner Frau. Zu mir. Und heute war er wieder einmal da. Mein allerbester Freund. Weil ich ihm geschrieben habe, dass mir das Herz weh tut. Dass ich mir Sorgen mache um einen Menschen, der mir nahe ist. Und er war da. Ohne großes Aufheben. Zuhören. Sparsam nachfragen. Und mitten hinein sein Angebot der Hilfe. Ohne darum gebeten zu werden. Als Geschenk. Aufgehoben sein. Ausatmen. Leichter werden. Durchatmen. Danke!

Disney. Mein Vater hatte eine Normal 8-Kamera (später dann Super 8 – soviel Fortschritt musste sein!) und mit der produzierte er aus heutiger Sicht geradezu dadaistische Familienfilmchen. Der Kollateralnutzen: mit dem Projektor konnte man auch gekaufte Filme anschauen. Aus technischem Sachzwang: Stummfilme! Mein all time Liebling ist „Goofy auf dem Bügelbrett". (Goofy lernt Surfen auf einem umgebauten Bügelbrett). Der Hammer: Vati ließ bestimmte Sequenzen immer wieder vor und zurück laufen – großes Gejohle bei mir und meinen Freunden. Wer auf diese Weise frühkindlich geprägt wurde, bleibt dran. Ich mochte auch Walt Disney himself. Also das, was man von ihm zu sehen bekam. Anzug, Krawatte, der Moustache. Immer freundlich. Im Gymnasium hatten wir einen schon unterrichtsmüden Physik Professor, der uns pro Schuljahr mindestens 3 mal den Disney-Film „Dein Freund, das Atom" vorführte. Die Schlüsselszene: Walt Disney steht in einem Raum, auf dessen Fußboden hunderte Mausefallen mit Tischtennis-Bällen liegen.

Um zu demonstrieren, wie eine Kettenreaktion funktioniert, wirft er einen Tischtennis-Ball in den Raum und eine Wolke kleiner weißer Bälle steigt auf. Vati hätte dieser Sequenz sicher mindestens vier Wiederholungen pro Vorführung gegönnt. Disney blieb an meiner Seite. Nach meiner ersten Scheidung kaufte ich für die Wochenenden mit meiner Tochter Lisa Charlotte Sonnberger einen Videorecorder und eine Disney-Grundausstattung. Nie werde ich ihr Lachen vergessen, als Mickey mit einer kleinen Robbe in der Badewanne sitzt. Die Robbe hatte sich im Zoo in seine Tasche geschmuggelt und es sich bei ihm zuhause gemütlich eingerichtet. Vor ein paar Wochen haben Lisa und ich wieder darüber geredet und sie hat sich den Film von YouTube runtergeladen. Dann kamen meine zwei Kids Paul Sun und Hannah Leo Sonnberger. Sie waren – vor dem Beginn der Schulzeit (!) – Frühaufsteher und der Papa hatte wieder eines seiner Rituale ausgefasst.

An den Wochenenden fuhr ich zum Klosterneuburger Stadtplatz, besorgte beim dortigen Bäcker Kipferln („Kipferl-Express"), raste nach Hause, legte eine Disney Cassette ein (Arielle, Schneewittchen, Peter Pan, u.v.m.), kuschelte mich mit meinen Kids am Sofa zurecht und gewann auf diese Weise genau 75 Minuten Extra-Schlaf am Sonntag-Morgen.

Meine innere Uhr war so eingestellt, dass ich beim großen unvermeidbaren Schlußlied aus meinem Dämmerzustand erwachte, wie ferngesteuert in die Küche wankte, einen großen Espresso produzierte und mich für einen Action-Tag rüstete. Disney. Bis heute meine Instanz. Sogar im Coaching gibt es eine Intervention, die nach ihm benannt ist.

Es ist die Karwoche. Und christlich-soziale Politiker – (schweigend) gestützt von ihren sozialdemokratischen Kumpanen – überbieten sich mit einer bisher kaum vorstellbaren ekelerregenden Bonanza an Niedertracht. Nach einem Sommer der Schande, in dem die Zivilgesellschaft mit beispiellosen Anstrengungen die moralische und faktische Total-Lähmung der Regierenden kompensiert hat, haben dieselben Regierenden nun die Stirn, Spenden an Hilfsorganisationen mit staatlichen Förderungen gegenzurechnen. Während dessen hat die Innenministerin einen ihrer politischen Malaria-Schübe und fiebert öffentlich über die Festung Europa vor sich hin. Das alles verursacht nur noch ständigen Brechreiz. Und irgendwie auch Paranoia. Trotz öffentlicher Demonstration des guten Willens Tausender wird man das Gefühl nicht los, dass sich die Darsteller irgendwelcher Machtpositionen in der Sicherheit demoskopischer Mehrheiten wähnen. Ella Lingens hat für diese und ähnliche Anmaßungen einmal den Begriff „wildgewordenes Mittelmaß" geprägt. Und diese moralischen Bankrotteure sind auch noch stolz darauf, halb Europa in politischer Geiselhaft zu halten. Nestroys Krähwinkel war dagegen ein unbeugsamer Hort der Liberalität.

1. April 1991. Ich arbeite in einer eigentümergeführten Wiener Agentur und leite dort die Beratung. Der Chef ist damals schon eine Legende. Hat ein Gspür für die Feinheiten der Sprache, wie ein Goldschmied. Und dann kann er ab zu draufhauen, wie ein Hufschmied und platziert legendäre kommunikative Kraftakte, dass einem die Luft wegbleibt. Weil wir österreichisch sind, widersteht er den Versuchungen, einem Network beizutreten. Das sollte sich ein paar Jahre später ändern... 1991 waren wir nur lose assoziiert mit einer Gruppe anderer privater Agenturen in Europa. Und am 1.April erhalte ich per DHL ein Päckchen von diesem Network. Inhalt: Ein Brief, ein dickes Booklet und ein quadratisches Sachet, ca. 10x10cm. Im Brief werde ich gebeten, so schnell wie möglich das Booklet zu lesen und noch am selben Tag zu antworten. Ich lese. Da steht, dass unser Partner-Network in einem Pitch ist. Das Produkt: Femidom, das erste Kondom für Frauen. Siehe beiliegendes Muster (Bitte nicht öffnen, muss ungeöffnet zurückgeschickt werden!). Im Booklet wird die Anwendung und der Nutzen erklärt: Die Frauen können Femidom spontan anwenden – eine schematische Darstellung zeigt einen „Kunststoffsack" der an einem Kunststoffring (Durchmesser ca. 5-7 cm) befestigt ist. Dieser Sack (außen und innen feucht) soll mit einfachen Handgriffen eingeführt werden, der Kunststoffring bleibt außen.

Wir werden gebeten, noch am selben Tag die strategischen Chancen dieser Innovation in Österreich zu bewerten. Und ich soll die weiblichen Mitarbeiter über ihre Bereitschaft, es zu verwenden, befragen.

Ich betaste das Produktmuster durch die Verpackung. (Öffnen verboten!). Es fühlt sich an, wie beschrieben. Wir befragen die Frau des Chefs (Frauenärztin!). Sie hält das Ganze für einen ausgemachten Blödsinn. Ich schaue aufs Datum: 1. April. Glühbirne im Kopf: 1. April! Da schau her, die Kollegen in London haben aber wirklich Humor! Ich schreibe zurück. Danke für die Unterlagen. Wir haben alles sorgfältig geprüft. Auch die Frauen befragt. Die sehen da ein Problem: Sie kriegen das Produkt nicht über den Kopf. Im übrigen: Schönen 1. April, ihr Lustigen! Auf Senden drücken, Espresso trinken, bissi Lachen mit den Kollegen. Da kommt die Antwort. Nein, Nein, Nein! Kein Scherz! Alles echt und die reine Wahrheit! Wir sollen jetzt bitte schleunigst anzahn und antworten. Die Antwort fällt kurz aus: Das Produkt ist ein Schas und unsere Frauen grausts davor. Good Luck beim Pitch. Der Pitch wurde gewonnen. Die eigentümergeführte wunderbare österreichische Agentur hat das Produkt in den Markt eingeführt. Es war der Flop des Jahrhunderts. Die Frauen wollten es nicht einführen.

1936. Vor 80 Jahren begrüßt mein Großvater als Bürgermeister der Stadt Hohenfurth den tschechoslowakischen Staatspräsidenten Benes und dessen Frau. 1936. Damals waren viele österreichische Gegner des Austrofaschismus in die Tschechoslowakei geflüchtet.
Die verbotene Arbeiterzeitung wurde in Brünn geschrieben und gedruckt. Auch aus Deutschland gab es schon viele Geflohene, die der Verfolgung entgehen wollten. In der

Tschechoslowakei war noch Frieden zwischen den Volks-gruppen. Mein Großvater hatte gute persönliche und geschäftliche Beziehungen zur tschechischen Minderheit in Südböhmen. Auch zu den Einwohnern im nahen öster-reichischen Bad Leonfelden. Als er allerdings nach 1938 dort auf Besuch war, wollte man ihn wegen seiner Ableh-nung des Anschlusses aufhängen. Bis 1938 gab es in der tschechoslowakischen Republik ganz selbstverständlich auch deutschsprachige Schulen. Mein Vater besuchte die Handelsakademie in Karlsbad. Nachdem sich Hitler zuerst das „böhmische Protektorat" und dann die ganze Republik unter den Nagel gerissen hatte, nahm die Freundschaft zwischen den Volksgruppen ein Ende. Benes war nach London geflüchtet und erließ nach dem Krieg die histo-risch schwierigen Dekrete, die allfällige Straftaten im Zusammenhang mit der Vertreibung der Deutschen straf-frei stellten. Der Naziterror hatte Verständnis und Verstehen ausradiert.

1936. Meine spätere Schwiegermutter steht als 12-Jährige fähnchenschwingend Spalier beim Benes-Besuch in Hohenfurth. 2014 wird sie dieses Foto mit der Lupe anschauen und mein Gesicht in ihre Hände nehmen. Mein Opi starb, als ich 11 war. Er war ein „political animal". Sein ganzes Leben lang.

In der Apotheke. Eine elegante alte Dame quält sich die Treppen in den Verkaufsraum hinauf. Wird begrüßt: „Grüß Sie, Frau Doktor, was kann ich für Sie tun?"

„I hätt gern so a Nivea Hautcreme."

„Die hamma nicht, Frau Doktor, die gibt's beim Bipa oder beim dm."

„Des waaß i scho, dass die a wo anders gibt, i wüs oba do kaufm." ....

Stille. Im Taxi zum Hamburger Flughafen. Sehr frühe friedliche Morgenstimmung. Der Fahrer fragt mich: „Wollen Sie Nachrichten hören?" Ich: „Muss nicht sein." Er: „Wir können auch Stille walten lassen."

André Heller, Das Buch vom Süden. „Er habe es sich grundsätzlich zur Gewohnheit gemacht, nicht für alles Erklärungen zu suchen und gemäß der Überzeugung zu leben, dass die sogenannte Wirklichkeit in manchen Hauptbereichen nur selten eine Ehe mit der Logik eingehe." Ein ganz wunderbares Buch, das mich nun schon eine Woche begleitet. Mit Humor, Tiefgang, Nachdenklichkeit, Phantasie und einem so herrlich unpeinlichen Österreichertum, daß einem das Herz hüpft vor Freude über unsere Kultur.

Mein Vater war ein sehr großzügiger Mensch. Er hat
– so lange er konnte – meinen Bruder und mich materiell
sehr weich gepolstert. Zu den regelmäßigen Geschenken
bei größeren Anlässen gehörten Bücher. Damals in den
6oer und 7oer Jahren waren Taschenbücher noch nicht so
alltäglich wie heute und so stapelte sich „schwere" Hard-
cover-Literatur auf dem Gabentisch. Bis zum heutigen Tag
zählen technische Fakten zu jenen Wissensgebieten, denen
ich eher großräumig ausweiche (deshalb ist auch jedes
neue digitale Device durchaus eine Bedrohung meiner
Gemütsverfassung). Allein, Vati blieb dieser blinde Fleck in
meiner Talente-Liste hartnäckig verborgen. Weshalb ich
mit der Zeit über eine große Bibliothek jener Bücher
verfügte, die sämtliche damals bekannten Geheimnisse
der Weltraumfahrt, des Maschinenbaus und der Chemie
enträtselten. Nur mir erschloss sich der wunderwerkliche
Zauber nicht. Heimlich tauschte ich meine Bücher mit
einem Schulfreund, dessen Vater ähnlich hartnäckig an
den Interessen seines Sohnes vorbeischaute. Und die
Faszination von Moby Dick, Schatzinsel, Robinson Crusoe
und der griechischen Heldensagen überflutete meine
Phantasie (damals schrieb man Fantasie noch mit Ph).
Und: Selbstverständlich wurde ein erklecklicher Teil
meines Taschengeldes in Superman-Hefte investiert.
Dieser Hang zu „Schundheftln" (O-Ton Mutti) wurde zwar
mit großer Sorge beobachtet, aber nicht weiter behindert.
Der absolute positive Clash zu meinen Gunsten ergab sich
an einem Samstag Abend. Hans-Joachim Kulenkampffs

Straßenfeger „Einer wird gewinnen" stand auf dem Programm des ORF. Das durfte ich immer anschauen. Wegen der Bildung. Und dem Butler Martin, den ich sehr cool fand. (Das Wort cool gab es damals auch noch nicht so richtig, ich weiß aber nicht mehr, welches Adjektiv ich verwendete). Jedenfalls stellt Kuli einem Kandidaten eine Frage nach einem berühmten Science Fiction Autor des 19. Jahrhunderts. Und bevor der Kandidat noch einatmen konnte, prustete ich los: Jules Verne! Und es war richtig! Meine Eltern starrten mich fassungslos an. Und ich erklärte triumphierend, dass Superman in seinem jüngsten nerven-zerfetzenden Abenteuer eine Zeitreise zu Jules Verne unternommen hatte, um ihn um Unterstützung bei der Rettung der Welt zu bitten. Ab diesem denkwürdigen Abend hat sich viel geändert.

Ich bezog Superman per Abo und vor den Geschenks-Events legte ich eine Bücherliste vor, die mein Vater auch tapfer abgearbeitet hat.

Lila Pause. Anfang der 90er gewann Ogilvy international den Etat von Lila Pause aus dem Haus Kraft Jacobs Suchard. Es war ein Pyrrhus-Sieg. Im größten europäischen Markt – Deutschland – war Ogilvy durch die Konkurrenzklausel mit Ferrero für ein Jahr gesperrt und durfte den lilafar-benen Riegel nicht betreuen. Der deutsche Kunde hatte die Wahl, ersatzweise aus der Schweiz oder aus Österreich betreut zu werden und entschied sich für die Ösis, weil wir

„älplerischer" wirkten, als die Kollegen aus Zürich. Ich hatte die Ehre, den deutschen und den österreichischen Markt zu betreuen. Dazu gehörten nicht nur regelmäßige Flüge nach Bremen, sondern auch nach Bludenz im schönen Vorarlberg. Dorthin reiste man etappenweise. Zuerst in die Schweiz mit dem Flieger nach Altenrhein und von dort mit dem Mietwagen zurück ins Ösiland. Die Autobahn führte uns in die wundersame Welt alemannischer Ortsnamen ein, deren wahre Bedeutung wir tollkühn durch höchsteigene Interpretation entschlüsselten. „Nüziders". Ein Nüziders ist ein BH mit dem Verschluss vorne, den man auch mit geübtem Hand-Werk beim raffinierten Liebes-Getändel mit einer Hand nicht aufkriegt. „Bürs". Ein Bürs ist jenes pelzige Gefühl auf der Zunge, das nach durchrauchter und versoffener Nacht das Sprechwerkzeug an den Gaumen klebt und einen sehr schweren Start in den Tag verursacht. („Scheiße, heut hab ich wieder einen Bürs beinand..."). „Schlins". Ein Schlins ist eine langgezogene Links-Kurve. „Röns". Dementsprechend ist ein Röns eine langgezogene Rechts-Kurve. Na ja. Reisen bildet eben. Und dann war da noch die Kampagne, die aus dieser bedeutsamen Epoche stammte.

Franzi von Almsick erklärte der staunenden Öffentlichkeit, warum sie so schnell schwimmt: Damit sie früher (lila) Pause machen kann. Auf die Enthüllung dieses Geheimnisses hat man doch sehr aufgeregt gewartet.

„**Papa, spiel mit mir!**" Der 3-jährige Paul steht vor mir und lacht mich an. Ich sitze am Sessel beim Küchentisch. Grade nach Hause gekommen. Nach einem beschissenen Tag in der Agentur. Noch im Anzug. Fix und fertig.

„Pauli, ich bin so müde, ich kann nicht. Ich muss erst einmal ein bissi verschnaufen."

„Papa, ich hab den ganzen Tag auf Dich gewartet. Spiel mit mir!"

„Pauli, bitte ..."

„Papa, gib mir Deine Hand. Steh auf und komm mit mir." Er nimmt meine Hand. Ich stehe auf. Er führt mich zum Kinderzimmer. Wir stehen genau unterm Türstock. Er sagt: „Papa, mach einen Schritt mit mir." Ich spüre seine Hand in meiner, den Druck, den auszuüben sie imstande ist. Ich mache mit ihm einen Schritt nach vorne. Wir stehen im Kinderzimmer. Von unten höre ich seine Stimme. Sie geht mitten in mein Ohr und von dort ohne Umweg in mein Herz: „So, und jetzt bist Du ein Kind."

Er gibt mir seinen kleinen Kindersessel. Ich setze mich drauf. Schaue zu, wie er Legosteine zusammensetzt. Komme zur Ruhe.

Vatertag. Heute ist Vatertag. 20 Jahre später. Zeit, in Dankbarkeit ein paar Atemzüge zu machen. Dafür, ein Kind werden zu dürfen. Ein Vater werden zu können. Sein zu können! Mit einer blassen Blaupause als Masterplan. Der sich mit den Jahren konkretisierte. Und Erinnerungen freilegte an den eigenen Vater. Der schon lange nicht mehr da ist und doch täglich präsent. Dankbarkeit. Für die Geduld meiner Kinder. Mit mir. Mit ihren Müttern. Für die Freude, die unglaubliche, bei drei Geburten. Für das Gefühl, das sich ums Herz legt wie ein Panzer: Alles, was Du ab sofort tust und nicht tust, graviert sich in die Festplatte dieser Winzlinge ein. Mit den Jahren wird der Panzer ein Schutzschild.

Du denkst Dir: Solange meine Kinder mich lieben, bin ich in Sicherheit. Dann kommt der Moment, wo die Älteste sagt: „Seit Du mit Gabi lebst, bist Du wieder der Papa, den ich liebe." Und die Jüngste steht bis in die Morgenstunden Wache, damit sich nur ja alle Hochzeitsgäste im Gästebuch mit einem Eintrag verewigen.

Und Dankbarkeit – nein, keine Dankbarkeit – Erleichterung, dass die durchwachten, schlecht geschlafenen Nächte irgendwann ein Ende hatten. Schlaflos. Sorgen. Schule. Seltsamkeiten. Ratlosigkeit. Loslassen müssen. Hilflosigkeit als Distanz umdenken müssen.

Neue Positionen suchen und mühsam finden. Neue Anfänge suchen in der Kontinuität. Und die Liebe. Die Liebe, die immer da ist. Nicht ausschaltbar. Im Referenzrahmen der Abgrenzung und der Klärung und der Klarstellung. Die bedingungslose Liebe.

Meine Tante Herma. 1920-2009. Sie war die ältere Schwester meines Vaters. Geboren in Hohenfurth, dort aufgewachsen, von dort vertrieben und den Großteil ihres langen Lebens in Karlsruhe gelebt. Eine kleine große Frau. 1 Meter 60 (höchstens) mit einem Herzen wie ein Ballsaal und einem sehr wachen Geist. Auch wenn dieser Begriff durch ein paar dumm-rechte Lemuren verunstaltet worden ist: Sie war mein Lebensmensch. Meine Eltern haben sich mit dem Eltern-Sein sehr schwer getan. Und da ist mein Tanterl – so habe ich sie so gern genannt – in die Bresche gesprungen. Ich durfte von ihr lernen, was Liebe ist. Ehrlichkeit, Toleranz, Fehler-haben-dürfen, Esprit, Trost, Streiten können und dürfen, Loyalität. Auch wenn sie ein Frauen-Bild hatte, das mir immer wieder Schwierigkeiten bereitet hat.

Sie verstand Frauen als das unverzichtbare Lebenselement der Männer. Weil die zwar beruflich und gesellschaftlich den Ton angeben würden, aber in Wahrheit unfähig wären, sich die Schuhe selber zuzubinden. In ihren Augen hatte ein Mann es dann geschafft, wenn er (endlich) eine Frau gefunden hatte, die Ordnung in sein vertracktes Leben gebracht hatte. In der Hinsicht musste sie bei mir natürlich lange warten und hat es letzten Endes leider nicht mehr erlebt. In der Hohenfurther Zeit war meine Tante die Tochter sehr wohlhabender Eltern und auch mit einem sehr resoluten Ego ausgestattet. Zu allem „Überfluss" hatte sie in der tschechoslowakischen Lotterie den Haupttreffer gemacht und einen Haufen Geld und einen Autobus (!)

gewonnen. (Das ist jetzt wieder so ein Moment, wo mein Freund Peter J. sagen wird: „Das kauf ich Dir jetzt aber nicht ab." Tut mir leid, mein Lieber, die Wahrheit ist manchmal sehr absurd.) Um den Gesamt-Erlös hat sie sich ein wunderschönes Haus gebaut, das heute noch steht und von einem Zahnarzt bewohnt wird, der zweisprachig ordiniert. Aus Linz fahren viele Patienten hin, um sich günstig ihr Innenleben sanieren zu lassen. Meine Tante und meine spätere Schwiegermutter haben sich gut gekannt, beide verband die Liebe zur Pharmazie. Tanterl hat dann einen erheblich älteren Mann geheiratet und ihm zwei wunderbare Söhne geboren. Das Pharmazie-Studium hat sie an den Nagel gehängt. Dann Kriegsende und Vertreibung. Den jüngeren Sohn bei den Großeltern zurückgelassen, bis auch die vertrieben wurden. Kurzer Zwischenstop in Linz, dann Ausbürgerung und nach Karlsruhe. Dort eine neue Existenz aufgebaut. Mein Onkel war ein Handelsakademie-Professor und der Inbegriff des Schrulligen. Er war sein Leben lang niemals krank. Und dann ist er mit 65 plötzlich gestorben. Für meine Tante begann ein anderes Leben. Auch mir gegenüber. Ich habe drei Sommer bei ihr verbracht und die Atmosphäre der liebevoll-geistreichen Leichtigkeit über alles genossen. Bis zu ihrem Tod waren wir auf eine Weise miteinander verbunden, dass ich bei allem, was mir wichtig war, reflexartig bei ihr angerufen habe, um mich mit ihr auszutauschen.

In den späten 60er Jahren hat sie Willy Brandt gewählt und war damit der rote Outlaw in einer brav konservativen

Familie. Als ich mich durch das Studium auch links der Mitte eingependelt hatte, konnten wir eine sehr lustvolle Allianz schmieden. Noch heute bewundere ich sie für ihre Einstellung gegenüber der Vertreibung der Sudetendeutschen. Während andere unversöhnlich den Verlust auf immer reaktionäreren Treffen bedauerten, sagte sie: „Auch wenn meine Familie den Tschechen niemals etwas angetan hat – ganz im Gegenteil! – so haben sich doch sehr viele Deutsche aufgeführt wie die Schweine. Dass die Tschechen uns nach dem Krieg nicht mehr haben wollten, wundert mich nicht!" Sie blieb mein Referenzrahmen und mein Bezugspunkt. Der Abschluss meiner Coach-Ausbildung und ihr 85. Geburtstag fielen zeitlich zusammen und ich habe einen Drucker in den Wahnsinn getrieben, weil ich meinem Tanterl meinen ersten Flyer druckfrisch zur Geburtstagsfeier bringen wollte. Dann wurde sie bei einem Spaziergang von einem Skateboardfahrer umgestoßen und das bei alten Menschen labile Gleichgewicht zwischen Gesundheit und Siechtum kippte. Unser letztes Zusammensein war über die Maßen berührend. Sie lag vollkommen angezogen im Bett im Altersheim, das Gesicht zur Wand und jammerte über ihre beschissene Situation. Sie wünschte sich die Demenz, damit sie ihre Lage nicht mehr wahrnehmen musste. Und ihr über 50-jähriger Neffe saß am Bettrand, verbarg sein Gesicht in den Händen und heulte wie ein Schlosshund. Nach der Mittagspause kamen wir wieder ins Heim zurück und ihr Zimmer war leer. Panik. Dann haben wir sie auf der Terrasse gefunden. Sie hat sich von einer Pflegerin dahin bringen lassen, hatte einen Teller mit einem Zwetschkenkuchen auf dem Schoß und grinste mich an. Sie hatte es nicht ertragen, ihren Liebling so heulen zu sehen und schenkte mir diesen heiteren Anblick als letzten, den ich mitnehmen durfte. Ein paar Wochen später war sie tot. Ich hatte – ahnungslos – in der Nacht, in der sie starb, kein Auge zugetan.

Die Mucha-Verschwörung. Wenn ich heute in einem Seminarraum stehe und Leute um die 30 sitzen drin, dann weiß von denen niemand, wer oder was Ammirati Puris Lintas ist bzw. war. Und das müssen sie auch nicht. Für mich aber war die APL nicht nur mein berufliches Zuhause. Dort war ich daheim. Ich war in allen Agenturen, in denen ich in den 20 Jahren meines Werber-Lebens gearbeitet habe, gern. Und in den meisten sogar glücklich. Aber daheim war ich nur in der APL. Ich war der letzte Geschäftsführer in Österreich. Am 30. Juni 2000 habe ich das Licht abgedreht. Weltweit war von der IPG die Fusion mit Lowe verordnet worden. In Österreich hieß das: Fusion mit Lowe GGK. Das bedeutete unfreundliche Verhältnisse mit Freunden. Kleinkrieg und Hickhack. Persönliche Untergriffe und Hintertüren. Und schließlich die Einsicht ins Unvermeidbare. Und ja: ein finanziell sehr ordentlicher Deal. Trotzdem eine schwere Zäsur für mich. Als ich mit meinen Partnern Markus Enzi und Jens Greif 1998 den Management-Buy-Out durchsetzte, hatten wir einen

Vertrag, der uns erlaubte, unsere Anteile auch zu vererben (!). Sowas gibt Dir heute kein Network-Excel-Akrobat mehr. Nicht einmal im LSD-Rausch. Und dann war es vorbei. Ein paar Tage vor dem endgültigen Aus klingelte um 9 Uhr morgens mein Telefon.

Sonja, unser Monument am Empfang war dran. Sie informierte mich, dass es ihr nicht gelungen war, eine Bewerberin abzuwimmeln, die unbedingt bei uns arbeiten wollte. Ich möge ihr bitte zu Hilfe eilen. Grummelnd bewegte ich mich zum Eingang. Wir hatten selbstverständlich Aufnahmeverbot und ich war froh, niemanden kündigen zu müssen. In der Morgensonne stand da eine atemberaubende weibliche Schönheit. Leicht gebräunte Haut, große schwarze Locken, ein Business-Kostümchen mit etwas zu kurzem Saum, aus dem endlos lange Beine ragten. Ich erklärte ihr die Chancenlosigkeit des Unterfangens. Sie blieb unbeugsam. „Bitte schauen Sie sich wenigstens meine Unterlagen an!" Also gut. Wir gehen in mein Büro. Trinken Kaffee. Sitzen in meiner Le Corbusier-Garnitur im rechten Winkel zueinander. Ihre Unterlagen sind beeindruckend. Schade irgendwie. Auf einmal rutscht sie aus dem Sessel, geht auf die Knie, legt ihre Hand auf meinen Oberschenkel und schaut mich von unten an.

„Was soll ich tun, damit ich den Job kriege?"

„Erstens: Hinsetzen. Zweitens: Kaffee austrinken. Drittens: Raus hier."

Sie tut wortlos wie angesagt. Ich zucke aus.

Ein paar Wochen vorher hatte der Branchen-Journalist

Christian Mucha eine Reihe von Agenturchefs (auch mich) von Privatdetektiven beobachten lassen, wie sie sich als Autofahrer im Verkehrsgeschehen verhalten und darüber geschrieben. Mein erster Gedanke nun:

Der Mucha schickt eine Schauspielerin, die checkt, ob es in den Agenturen eine Besetzungscouch gibt. Ich greife mir das Telefon, rufe Mucha an und bin laut. „Herr Mucha, es reicht! Jetzt sind sie endgültig zu weit gegangen!" Und beschreibe den Vorfall.

Am anderen Ende zuerst atemlose Stille – eine historische Seltenheit – und dann brüllendes Lachen.

„Ich schwöre Ihnen, das ist keine Aktion von mir! Und ich beiss mir grade in den Hintern, dass sie mir nicht einge-fallen ist!" Ich habe die Cappuchino-farbene Dame nie wiedergesehen.

Zu kurz. Ähem, auf die Gefahr, als Modemuffel zu gelten: Ich finde, die schmal geschnittenen Anzüge mit den kurzen Sakkos, die grade einmal den halben Hintern bede-cken, passen nur wenigen Männern wirklich gut. Die meisten sehen darin wie Buben aus, die den Anzug der Erst-Kommunion auch noch bei der Firmung auftragen müssen. Die optisch übergroßen vorne lang und spitz zulaufenden Schuhe geben dem Ganzen den Rest falscher Proportionen.

Musikantenstadl. Neulich hat sich mein Sohn um die Stelle eines Tontechnikers beworben. Dabei wurden ihm zur Identifikation neben einigen Säulenheiligen der Jazz- und Popgeschichte auch die Stars aus dem Musikantenstadel vorgespielt. Von diesen hat er keinen einzigen gekannt. Paul, Dein Vater ist stolz auf Dich!

Sonnleitner. Seit eh immer schon wird mein Familien-Name mit Sonnleitner verwechselt. Inklusive dem Vornamen Walter. Heute wurde eine neue Dimension der Verwechslung eröffnet. Bei der Anmeldung zu einem Meeting fragte mich der Herr an der Rezeption: „Sonn- leitner – mit th?"

Mein Freund Herbert. Gestern waren zwei sehr vergnügte Ehepaare am Concordia Ball. Mein Freund Herbert Mayrhofer mit seiner wunderbaren Frau Martina Mayrhofer. Und meine wunderbare Frau Gabi und ich. Herbert ist mein Freund seit 55 Jahren. Wir sind in Linz in der Ferihumerstraße aufgewachsen. Er im „rosa Hoch- haus" (Nummer 50), ich im kleinen blauen daneben (Nummer 52). Wir haben unterschiedliche Schulen besucht und waren in den jeweiligen 7. Klassen Gymnasium Schul- sprecher. Er in der Fadingerschule, ich in der Khevenhül- lerschule. Wir haben es mit einigen anderen Wahnsinnigen geschafft, einen veritablen Flop des Projekts „Ball der

Schülervertreter Oberösterreichs" hinzulegen. Unsere Mütter haben sich beim Einkaufen getroffen und sich gegenseitig über die bleden Buam angeraunzt, die nur durch überirdische Mutterliebe von der Ausgrenzung von Nahrung und Unterkunft bewahrt würden. Herbert hat mir einen herrlichen Floh in mein aufnahmebereites Ohr gesetzt: Politikwissenschaft und Publizistik zu studieren. In Wien! Wie großartig! Das konnte man in Linz nicht studieren und somit waren gesicherte 170 km Distanz zwischen mir und meinen Eltern eingerichtet.

Während ich den „Dienst an der Waffe" absolvierte, war der stets kluge Herbert schon nach Wien vorausgeeilt und empfing mich mit einem äußerst förderlichen Wissens-Vorsprung über Professoren, Institute und Vorlesungen. Er nahm mich physisch an der Hand und schleuste mich mit schlafwandlerischer Lotsen-Sicherheit durch die Inskriptions-Stromschnellen. Ich hatte eine kleine Altbau-wohnung, Herbert wohnte im Oberösterreicher-Heim. Eine wunderbare Quelle der Freuden für einsame studenti-sche Junggesellen. Jetzt wohne ich drei Gehminuten davon entfernt. Herbert hat mich geduldig, aber streng politisch missioniert. Meinen bis heute nachhaltigen Weg vom konservativen Sohn noch konservativerer Eltern zum stabilen Linksliberalen verdanke ich vielen durchdisku-tierten Nächten und Autobahnfahrten mit ihm. Herbert zeigte mir, dass Politik alle Lebensbereiche durchdringt.

Nach einer sehr heiteren Geburtstagsfeier saß er um halb fünf Uhr Früh im milden Mai-Sonnenaufgang auf der

Gehsteigkante vor meiner Haustür und räsonierte: „I wü jetzt sofuat a Taxi. Zu wos hamma denn sonst den Stootsvatrog?"

Viele gemeinsame Schritte und Meilen folgten. Unterbrochen durch Phasen der Stille. Immer mit sofortigem Gesprächs- Anschluss auch nach langer Abstinenz. Unsere beruflichen Wege kreuzten sich, als wir beide Unternehmensberater wurden. Herbert lud mich ein, ihn in einem Projekt zu begleiten. Der Kunde liebte Komplexität. Ich nicht so sehr. Als ich versuchte, einen komplexen Sachverhalt mit einfachen Worten zusammenzufassen, unterbrach mich der Kunde und bedauerte, mich nicht zu verstehen. Herbert übernahm den Ball volley, schraubte flugs drei Schachtelsätze und gefühlte 17 Fußnoten in die Ansage und der Termin war saniert. Ein, zwei Jahre später war meine zweite Ehe am Ende. Herbert saß bei mir in meinem Wohnbüro und lauschte geduldig meinem Lamento. Schließlich fiel mir ein von mir besonders geliebtes Lied von Wolf Biermann ein. „Das kann doch nicht alles gewesen sein ..." Ich fing zu singen an, er stimmte ein, umarmte mich und sagte: „Kumm, Oida, wir packen des. I bin bei Dir." Fast auf den Tag genau vor zwei Jahren saßen er und Martina dann unter 120 anderen Gästen im Standesamt bei unserer Hochzeit. Und ich höre ihn seitlich von mir rufen „Da capo!" weil der Standesbeamte eine so witzige Rede gehalten hat. Als wir gestern vor dem Ball Essen waren und noch ein Dessert wollten, war plötzlich Wolf Biermann wieder da. Ohne Absprache schauten wir einander an und

sangen „Das kann doch nicht alles gewesen sein ...".
Herbert Mayrhofer, Du wohnst in meinem Herzen!

Wieder einmal „Fernschläfer". Warten aufs Tagesab-
schluss-Bier und das Steak. Dies und das im Hirn. Es fühlt
sich gut an, wenn das Lebensalter beim Kunden zum
Bonus wird. („Bei Deiner Erfahrung fühlen wir uns sicher.")
Es fühlt sich weniger gut an, wenn man sich selbst sagen
muss: „Oidaaa, des müssatst oba jetzt sche langsam
gschnallt ham!" Es ist angenehm, wenn man als Coach ab
und zu auch einmal den Beraterhut aufsetzt und lustvoll
eine Empfehlung ausspricht. Es ist gefährlich, wenn man
dem Kunden zu nahe kommt und die Abgrenzung vergisst.
Es ist anstrengend, wennst nach einem harten Tag müd im
Taxi hockst und der Taxler anfängt, rassistische Sprüch zu
klopfen. Es ist noch viel anstrengender, wennst dem Taxler
verbal keine drüberziehst und dich tagelang nachher über
die eigene Streitfaulheit ärgerst. Es tut so gut, wenn deine
Kinder lieb zu dir sind. Und es ist die Hölle, wenn sie's
nicht sind. Es ist ein Geschenk des Himmels, wennst lieber
drei mal in der Woche heimfliegst, anstatt dass du dich
drauf freust, dass du endlich ein paar Nächte allein sein
kannst.
Es ist ein Wahnsinn, wennst acht Monate keine Schmerz-
mittel brauchst, weil die Reha so super gholfen hat. Und
dann kommst drauf: Die wirkliche Herausforderung ist der
Mut zum aufrechten Gang. Es ist grausam, wennst dran

denkst, wieviel Geld für soviel harte Arbeit du schon verdient hast und wie wenig davon noch da ist. Und dann stehst beim Sarg eines Freundes und schämst dich, weilst so deppat rechnest. Und je älter du wirst, umso länger wird die Liste der Zipperleins, die dich zwicken und zwacken. Und umso klarer wird dir eins: Wennst keine Liebe gibst und keine kriegst, is alles egal.

Linz. Ecke Landstraße/Bürgerstraße. Im ersten Stock hatte viele Jahrzehnte lang mein wunderbarer väterlicher Freund Dr. Kurt Baresch seine psychotherapeutische Praxis. Wenn ich nach Linz kam, war mein erster Weg zu ihm. Egal, wo mein eigentlicher Termin auch gewesen sein mag. Das Ritual war immer gleich. Eintreten ins Wartezimmer durch eine doppelte Tür. Altrosa Tapeten mit Golddurchsatz. Die seit immer schon immer gleichen Kunstmagazine. Ein in goldenem Rahmen auf schwarzem Font mit goldenen Lettern gedruckter Sinnspruch: „Was lange schief wuchs, braucht seine Zeit, um wieder gerade zu werden." (Heute von mir freudig in meiner eigenen Arbeit zitiert.)
Hinter der mit grünem Leder gepolsterten Tür geht's ums Leben. Uninterpretierbares sprachliches Grundrauschen dringt ins Wartezimmer. Dann das immer gleiche Geräusch: Zwei Menschen erheben sich und bewegen sich Richtung Wartezimmer. Zusätzlich zu den Schritten hört man gleichmäßiges Klacken. Kurt hatte im Krieg ein Bein

verloren und manchmal schmerzte die Prothese so sehr, dass er Krücken benützen musste. Die Tür geht auf. Der Patient verlässt die Praxis. Die vertrauten Worte streicheln meinen Gehörgang: „Mein Sohn! Eigentlich hab ich gar keine Zeit. Magst einen Cognac?" Ich wollte. Immer. Dann folgte die übliche Schnell-Standpauke wegen meines Liebeslebens. Dann ein paar Lob-Einheiten für den beruflichen Fortschritt. Dann eine ganz feste Umarmung im Stehen. Und das durch die Tür Hinausgeschobenwerden. Und die Aufforderung, doch endlich einmal brav zu werden. Und das Glück, so einen Menschen im eigenen Leben haben zu dürfen. Vor sechs Jahren ist er gestorben. Er war eine Lichtgestalt. Vom Nazi zum überzeugten Österreicher und zum Deputierten Großmeister der Großloge von Österreich gewandelt. Eine Lebensfreundschaft mit Kardinal König. Einfach groß. Heute ist in seinen ehemaligen Praxis-Räumen ein Perücken-Händler. Fällt mir schwer, das zu sehen.

(Bad) Wershofen in der Eifel. Heute schon angereist. Morgen und Samstag Führungs-Seminar. Mein Schatzi mit mir. Wir erkunden den Ort. Und beantragen die Erhebung von Wershofen zum Kurort. Geräusch-Kurort. Es ist so still hier, dass Gabi schon diverse Vermutungen anstellt, ob hier Menschen leben. Was da wohl im Trinkwasser ist. Und dann sehen wir noch Kondensstreifen am Himmel in Form eines Hashtags. In einem Schaufenster liegen Aluhüte in verschiedenen rustikalen Designs. Wir unterhalten uns im Flüsterton, um die Stille nicht zu stören. Ich habe Angst davor, welche Kollateralschäden der Ventilator des Beamers morgen anrichten wird. Wenn wir bis Sonntag Abend nicht wieder in Wien sind, verständigt bitte unsere Kinder. Famous last (lost) words aus (Bad) Wershofen.

Wenn die Texte auf den Zetterln in den Glückskeksen beim Chinesen so sind, als hätte sie Paolo Coelho getextet, schmeckts mir nimma.

Föhn und Foimond is a bissal fü auf amoi.

Ein beliebiger Werbeblock im Fernsehen offenbart die ganze Aussichtslosigkeit, auf den Sieg des Intellekts zu hoffen.

Geschlossene Fragen:
Nur mit ja oder nein zu beantworten.
„Liebst Du mich noch?"
Kannst Du als Antwortgeber nur verlieren.

Meine (Schwieger)Eltern. Am 6.7.2013 sind sie mir zum ersten Mal begegnet.

Mama ist am 12.11.2014 gestorben. Papa am 1.5.2015.

Zwischen diesen Datumsangaben liegt ein Wunder. Als Gabi und ich uns kennenlernten, wurde schon am ersten Tag die Besonderheit unserer Beziehung deutlich. Gabis Mama und mein Vater stammten aus dem gleichen Ort im Sudetenland. Wir hätten uns aber ohne die digitale Nachhilfe von Parship wohl nie kennengelernt. Als ich bei der „eisernen Hochzeit" (65 Jahre Ehe) von Gabis Eltern diese beiden großartigen Menschen kennenlernte, war sofort eine Herzensverbindung geschlossen. Wir haben uns gegenseitig adoptiert. Wie mit einem warmen Regen haben die beiden mich mit Liebe, Freude, Freundschaft und prickelnden intellektuellen Funken überrascht und aus mir alles hervorgeholt, was ich 56 Jahre lang nicht losgeworden war. Als ich Mama ein Kapitel meines werdenden Buchs vorlas, in dem es um die Trennung von meiner Ex-Frau ging, hat sie ganz aufmerksam zugehört, dann meine Hand in ihre genommen und gesagt: „Jetzt weiß ich nicht, zu wem ich halten soll!"

Das war genau die Form kritischer Solidarität, nach der ich so lange gesucht hatte. Bei unserer Hochzeit saß sie im Rollstuhl und hat 120 Leute mit ihrer unbeugsam vorgetragenen Geschichte in den Bann gezogen. Als sie zu mir gewandt sagte „Du hast mir meine Heimat wiedergebracht." sind einigen die Tränen waagrecht aus den Augen gespritzt. Genau vor einem Jahr ist sie zuhause gestürzt, musste ins Krankenhaus und hat sich dort eine Lungenentzündung geholt. Bei unserem letzten Zusammensein im Spital saß sie heiter aufrecht im Bett und ihre Schulter schaute fürwitzig aus dem Nachthemd. Da konnte ich nicht anders und habe sie auf die Schulter geküsst.

Papa stand dabei und hat gelacht. Er hatte zu dieser Zeit schon zwei Umleitungen in seinem Bauch, weil er an Pankreas-Krebs erkrankt war. Wir alle hatten befürchtet, dass er vor Mama gehen muss, und dann ist sie zuerst gegangen. Am Abend vor ihrem Tod hat sie sich von ihren Kindern verabschiedet und alle getröstet. „Mir geht es wirklich gut!"

Papa war aufrecht in diesem Sturm und ich habe ihn unendlich bewundert. Er hatte es geschafft, die Herz-Hirn-Schranke zu überwinden. Er war ein Menschenfänger der Extraklasse. Betrat einen Raum mit wildfremden Leuten und nach spätestens 30 Minuten hatte er eine Runde von Adoranten um sich versammelt. Als ich Anfang des Jahres ein spannendes berufliches Thema zu lösen hatte, war er mein Sparrings-Partner. Was für ein Geschenk! Er hat sein Leben lang nach der Welterklärung gesucht und dabei viele viele Seiten unendlicher Klugheit vollgeschrieben. Ich sehe ihn noch im Krankenhaus sitzen, während er handschriftliche Notizen katalogisierte.

Im März war unübersehbar, dass er den Kampf verlieren würde. Und dieser Einsicht hat er sich mit allergrößter Würde gefügt. In seinen letzten Stunden war er von all seinen Liebsten umgeben. Noch am Vortag hatte er seine

Enkelinnen mit Charme umgarnt, ihnen Handküsse zum Abschied gegeben und gesagt: „Schön war es mit Euch!" Als Gabi und ich an seinem letzten Tag morgens zu ihm kamen, hat er uns dringend angeschaut und nur ein Wort gesagt: „Genug!" Drei mal. Wir haben die Botschaft verstanden. Und sein Arzt ebenfalls.

Augenblicke vor seinem letzten Atemzug hat er gelächelt. So, als hätte ihm der liebe Gott am Ende doch noch recht gegeben und er durfte diesen Triumph nun bis zur Neige auskosten.

„Ein Bär will nach oben". Von William Kotzwinckle (dem Erfinder von E.T.) Das Buch erzählt die Geschichte eines Autors, der sich in die Rockys zurückzieht, um in einer Blockhütte endlich seinen Roman fertigzuschreiben. Nach langen Mühen ist es soweit: Ein dicker Stapel beschriebenen Papiers liegt vor ihm und er beschließt, das ersehnte Finale in der Holzfäller-Bar zu feiern. Als er nach durchzechter Nacht zu seiner Blockhütte zurückkehrt, ist die abgebrannt und mit ihr sein einziges Manuskript. Große Wut. Er bezieht eine neue Blockhütte, schreibt nochmal von vorn und es gelingt. Das Buch – noch besser als der erste Versuch – ist fertig und der Autor wieder in Feierlaune. Dieses Mal ist er klüger: Er steckt das Manuskript in eine Ledertasche und legt die unter einen Baum im Garten. Falls die Hütte wieder abbrennen sollte, wäre wenigstens sein Werk in Sicherheit. Als er nach neuerlich durchzechter

Nacht zurückkehrt, ist die Ledertasche weg. Ein Bär hatte sie gestohlen. Der Bär öffnete die Tasche, entdeckte das Manuskript und fuhr damit zu einem Verleger, der aus dem Roman einen Bestseller macht. Mehr erzähle ich jetzt nicht, um allfälligen Neugierigen die echte superwahnsinnsabsurde Lektüre nicht zu spoilern.

Jedenfalls speichere ich jeden Tag den Fortschritt meiner Schreiberei zusätzlich auf einem Stick. Bären gibt's hier zwar keine, aber Windows 10 ist mindestens so heimtückisch.

Scheps. Als mein Vater 50 wurde, hat er bei seiner Geburtstagsfeier gesagt:

„Jaja, jetzt bin ich auch schon ein alter Scheps." Bis heute weiß niemand, woher dieser Ausdruck stammt, wir vermuteten einen tschechischen Ursprung. Zu meinem eigenen 50er habe ich damals dieses Zitat aufgewärmt und seitdem sagen meine Kinder Scheps zu mir. Varianten – je nach Anliegen: Schepsi oder Schepsenbär. Nun haben wir in dieser wunderbaren toskanischen (Schreib)Woche den ebenso wunderbaren Wirt Bippo in Mazzolla kennen- und lieben gelernt. Er heißt mit richtigem Vornamen Giuseppe. Als wir den Tisch für den nächsten Tag reservieren wollten, fragte er mich nach meinem Vornamen, den er sich nicht merken konnte. Auf die Frage nach meinem Nickname kam sofort „Scheps" als Antwort.

Als wir uns gestern und heute vorfreudig seinem Lokal

näherten, begrüßte er uns schon von weitem mit „Hi Scheps!" Wie er das in sein Reservierungsbuch eingetragen hat, will ich lieber nicht wissen.

In diesen Tagen im Jahr 2004 endeten meine 20 Jahre in der Werbung.

Der Abschied aus dem Metier fiel mir erstaunlich leicht. Der Abgang aus der Agentur war ein bisschen holprig. Mit der Erfahrung von heute hätte ich ihn gelassener gestaltet. Erstaunliche Loyalitäten und erschreckende Charakterlücken haben mich einerseits eingehüllt und andererseits konstant erschreckt. Dann war auch noch gegen Ende der Hochschaubahn meine Mutter gestorben.

Als alles überstanden war, hatte sich ein Mantel der Müdigkeit um mich gelegt. Da habe ich mich an einen befreundeten Coach gewandt. Ich kannte ihn schon ein paar Jahre und vertraute ihm sehr.

Er sollte mir helfen, meine seelische Festplatte von Viren zu säubern, damit ich unbelastet mein neues Leben beginnen konnte. (Genauso habe ich das damals formuliert) Und er gab mir eine Aufgabe.

Ich sollte mir ein Schachbrett vorstellen und auf dieses Schachbrett sollte ich Figuren stellen. Menschen, die dem angeknackst Paranoiden vertrauenswürdig zur Seite stehen würden. Ich habe drei Figuren auf mein Schachbrett gestellt: Einen Freund, der mich aus meiner bisherigen Berufslaufbahn kannte und zugleich glaubwürdige PR für mein neues Leben betreiben würde. Einen Freund für jeden Tag – zum gemeinsam blöd sein, aber auch als starke Schulter zum Anlehnen. Und einen „strengen" Freund – mit der Lizenz zum Arschtritt, wenn ich faul oder nachlässig werden sollte.

Ich habe jeden dieser Menschen um die Übernahme ihrer Aufgabe gebeten und alle drei haben ihre Jobs grandios und mit liebevollster Ausdauer erfüllt. Wenn sie das heute hier lesen, wissen sie, dass sie gemeint sind. Ich wurde so reich beschenkt. Auf dieser wunderbaren Plattform konnte ich starten. Drei Kunden, die mich schon lange aus meinem alten Leben kannten, vertrauten mir blind und gaben mir nach Abschluss meiner Ausbildung sehr subtile Jobs, die mich vom Start weg auf Trab hielten. Zwei von ihnen beschäftigen mich noch heute. Danke.

Na so wiast ned oid! So darennst di boid! Hod da Ostbahn Kurti scho voa 30 Joa gsungen und guad is, dass a si ned darennt hod. Heit woa Klassentreffen mitm Kuatl und seine Fans auf da Prodawiesn und er hod seine Hawara vo domois midbrochd. So wia in da Gründazeit von dem wödweidn Massenphänomen Favorit'n and Blues ham die Stromgitarren gwürgt: Da Prinz Karasek mit ana Frisur fost wia meine (häd i ma domois nie docht!) und die Lili Marschall – Erbin eines Zirkusimperiums – die heid a bei de 5/8 in Ehren die Saiten zupft.

Dann woa da Diplomingenieur Edi wieda an de Trommln

und da Mario Adretti an den Harmonie-Geräten. Des Publikum woa textsicha eh wie imma. Da Müzriss hod a bissl miad dreingschaut. Oba sonst 1A. Bis auf den Bladn midn Desigual Leibal und des Ehepoa, des seit kuazm die Eigentumswohnung ozoid hod und sich voa lauta Freid so wattierte Gilets im Partnaluk kauft hod. De hättn sich voa 30 Joa ziemlich scheniad wegn so an Aufzug.

Wos soi ma sogn, immahin hod sich auch der eigene Schweapunkt a bissal noch untn valogat. Ois in oin: a sehr gelungene Nochdschicht. Dann samma in unsan 57er Chevy ghupft, der ausgschaud hod wia die U Zwa und san hamgfoan. Scheee woas!

Khaki-Jacken. So praktisch. Eine Bitte an mir nahestehende Menschen: Sollte ich jemals in noch weiter fortgeschrittenem Alter so ein Gilet aus beigem(!) Khaki mit den vielen praktischen Taschen anziehen: Bitte mir liebevoll, aber konsequent vom Oberkörper schneiden. Danke im voraus. (Ah ja, und eine spezielle Bitte an mir nahestehende Damen. Bitte nicht glauben, dass zum Älterwerden Blusen, Shirts, Leggins im Leoparden-Muster und goldene Schuhe gehören. Is net so!) Danke nochmals. Geht schon wieder.

Vor 30 Jahren starb meine wundervolle Freundin Sylvia „Laura" Binder. Sie wurde nur 28 Jahre alt. Ein besonders heimtückischer Darmkrebs hatte die unendlich tapfer Kämpfende besiegt. Ich kannte sie schon aus Linz, aber unsere wirkliche Freundschaft entstand erst beim Studium in Wien. Mit ganz viel Feingefühl hatte sie sich erst einmal meiner Liebes-Avancen erwehrt, bis wir endlich zu jener tiefen Seelenfreundschaft gefunden hatten, die ich auch heute noch vermisse. Zahllose durchwachte Nächte in tiefsinnigen und verblödelten Gesprächen hatten wir aufgesammelt. Gelacht, getanzt, gegessen, getrunken, geschwiegen und ab und zu auch geweint. An einem Nachmittag hatte sie es sich in meiner kleinen Wohnung auf der Couch bequem gemacht, ein bisschen von den Naschereien am Tisch gekostet und über Schmerzen und Durchfall geklagt. Zwei Wochen später sah ich sie dann als kreidebleiche Schönheit im Krankenhaus nach der OP, bei der man ihr einen künstlichen Ausgang verpasste, den sie bis zum Schluss nicht loswerden sollte. Ich dachte an unsere besten drei Wochen, als wir im Sommer 1980 mit meinem Auto durch Frankreich gefahren waren. Und Sylvia, die sich in ihrem letzten Lebensjahr lieber Laura nennen wollte, am Strand in der Camargue in der Sonne döste. Oder in einem kleinen Hotel im Loire-Tal, wo wir einen verregneten Abend vor der Glotze verbrachten und uns „Meuterei auf der Bounty" in der französischen Synchro anschauten. Den Bildband über Paris mit einem eingeklebten Foto, den ich ihr als Erinnerung geschenkt hatte, hat sie sogar behalten, als sie gegen Ende ihres Lebens einen kleinen Flohmarkt mit ihren Habseligkeiten veranstaltete.

Sie hat am Ende sehr gelitten. Sie wohnt in meinem Herzen. Heute musste ich wieder so intensiv an sie denken.

Doderer und die „Strudelhofstiege". Ich darf mich rühmen, die unglaubliche Schwarte wirklich gelesen zu haben. Manchmal dachte ich mir beim Lesen: So zach wie ein Telefonbuch – viele Namen, wenig Handlung. Und dann wurde ich regelmäßig von sprachlichen Juwelen beinahe hinterrücks angesprungen. So sehr, dass ich einige davon notiert habe. Hier ein paar Grüße aus Doderers literarischem Delikatessen-Laden:

„Nur ein unbefangenes Neu-Herantreten an den Apparat vermag seine bloß relative Wichtigkeit zu enthüllen.

Die Liebe: Primzahl des Lebens, keiner Analyse bedürftig oder zugänglich.

Die Ruhe von Warten und Wahl.

Geringe Vorstellungskraft befördert das Aussetzen des Gedächtnisses.

Es gibt innere Lagen, wo wir wie losgebunden sind vom Pfahle des eigenen Ich und auch den Körper regieren wie sonst nie.

... Wie ein Mensch, welcher sich in Richtung seiner geringsten Befähigung, als des größten Widerstandes augenblicklich bewegen muss ...

... Er hatte ein langsames Gesicht ...

... die tropfenden eiligen Sekunden vor dem langsameren Hintergrunde des Zeitstromes ...

... die Negation der Familie – leider eine Obligat-Stimme bei begabteren Individuen ...

Im Denken liegt nicht das angenehmste Leben.

Schafft eine Analyse jemals ein Phänomen aus der Welt?

Die moralische Schwerpunktslage des zivilisierten Menschen entspricht vollends seiner leiblichen: das heißt, er legt Gewicht auf den Punkt, wo sein Gewicht schon liegt.... Sie erfuhren Anschaulichkeiten, die aus der Platte ihrer Schreibtische nicht zu sprießen vermochten.

Gerüche sind oft wie platzende Blasen der Erinnerung aus der Tiefe der Zeiten.

Den Geruch einer Person modifizieren, das geht schon ans Leben.

Er empfand seine Unfreiheit wie einen aufgelegten Sattel.

Ordnung ist ja nichts als das in den Rohren, Adern und Kapillaren steigende Lebenswasser; füllt es sie prall, so bilden sie das schönste Geäst und Geflecht. Fällt es zurück, dann mag man sie aufbinden und glattstreichen wie man will, sie hängen und liegen unordentlich ineinander.

Wo ein Körper im Raum ist, kann nicht gleichzeitig ein anderer sein – was in der Physik stimmen mag: in den Fahrplänen des erotischen Kleinbahnverkehrs mit Kurzstreckentarif steht's ganz anders verzeichnet.

Die To-Do-Liste. Das meistunterschätzte Tool zur Arbeits-Organisation.

Neulich reagiert ein Klient auf meine Frage nach seiner To Do Liste so: Gähn! Ja, ich kenne die Standard-Reaktion meiner Seminar-TeilnehmerInnen, wenn ich mit der To-Do-Liste auffahre. Und dann schauen wir uns an, was meine lebenserfahrenen Kunden unter To-Do-Listen verstehen. Sehr oft werden dann Projekt-Listen aus den Taschen gezogen.

Übersichten, auf denen oft wochenlange Projekt-Verläufe mit den entsprechenden Datums-Angaben und Zuständigkeiten eingezeichnet sind. DAS ist keine To-Do-Liste. Eine To-Do-Liste ist eine Tages-Liste. Und auf dieser Tages-Liste steht nur drauf, was ich am nächsten Tag erledigen soll. Handgeschrieben. Ja, ich bin noch ganz bei Trost. Auf diese Kleinigkeiten kommt es nämlich an. Eine richtig gute To-Do-Liste wird in der letzten Viertelstunde vor dem Nachhause-Gehen geschrieben. Und sinnvollerweise getrennt in „Wichtig"- und „Dringend"-Jobs. Ich rate allen Kunden, sich bei den Wichtig-Jobs nicht mehr als 3 pro Tag vorzunehmen (schließlich dienen sie meinem persönlichen Ziel und verdienen die beste Zeit des Tages).

Und für die Dringend-Jobs darf es gerne eine lange eigene Spalte geben, in die man eintragen darf, so viel man will – sie wird ohnehin von alleine und fremdbestimmt täglich länger, als geplant. 10 Minuten Tagesplanung am Vorabend schaffen 10 – 20 % Zeitgewinn am Tag danach.

Der größte Vorteil des Verfassens kurz vorm Heimgehen

besteht vor allem in der psycho-hygienischen Reinigung des beruflichen Bewusstseins von allem, was man sich sonst merken will oder muss. Anders formuliert: Ich lasse meine To Dos in der Liste und schleppe sie nicht mit nach Hause. Denn wenn man diese Liste nicht im Talon hat, kann am nächsten Tag folgende wohlvertraute Szene stattfinden: Man betritt morgens das Büro und in rascher Folge kleben einem 10 Leute an den Fersen. Jeder einzelne mit der einleitenden Bemerkung: „Du – nur ganz kurz ..." 10 mal 5 Minuten sind schon fast eine Stunde und es könnte die wichtigste/wertvollste des Tages gewesen sein. Wer dann keine To-Do-Liste hat, schreibt sie auch nicht mehr und darf mit der Gewissheit leben, einen Tag vor sich zu haben, an dem vieles passiert, das meiste davon allerdings auf den Impuls anderer.

Und nun noch einen Gedanken zur „Handschrift": Ich empfehle sehr die handschriftliche Erstellung der To-Do-Liste. Nichts ist schöner, als jeden erledigten Punkt genüsslich durchstreichen zu können und am Ende die ganze Liste kraftvoll zu zerreißen und wegzuwerfen. Das geht mit einer elektronisch geschriebenen Liste nicht. Die wird einfach immer nur neu überschrieben und nimmt niemals ein Ende. Zum Schluss dieses Themas noch ein kleiner Hinweis: Nehmen sie keine Arbeit mit nach Hause – es sei denn, Sie arbeiten in einer Brauerei.

Die FPÖ und die Nazis. Sie ist die einzige Partei in Österreich, deren Gründungszweck es war, nach dem Krieg ein Auffanglager für die ehemaligen Nazis zu bilden, die entweder vom Wahlrecht ausgeschlossen oder von den Staatsvertrags-Parteien nicht assimiliert worden waren. Der Vorstand des VdU als Vorgängerorganisation der FPÖ bestand zur Hälfte aus zum Teil schwer belasteten ehemaligen Nazis, zur anderen Hälfte aus „Liberalen".

Deren Repräsentanz in der nachmaligen FPÖ blieb so lange grade noch wahrnehmbar, bis Haider 1986 gegen Steger putschte und diesen marginalen Bodensatz endgültig vertrieb.

Bevor es jetzt losgeht, dass auch alle anderen Parteien Ex-Nazis aufgenommen haben: ja, haben sie. Aber nur der FPÖ blieb es vorbehalten, diese DNA bis heute nicht nur am Leben zu erhalten, sondern auch noch aktiv zu pflegen und zu fördern. Unzählige Beispiele bedauerlicher „Einzelfälle" müssen jetzt nicht aufgezählt werden.

Was die FPÖ unter Strache und seinem Rasputin Kickl zur Hochblüte getrieben hat, ist ein Verhaltens-Modell, das ununterbrochen brandstiftet und sich nachher um einen Opferausweis bemüht.

Diese Haltung ist immer wieder so unerträglich und widerlich, dass man daran verzweifeln möchte, wieso so viele Menschen ihr Glauben schenken.

Die Schamlosigkeit aus dieser Ecke ist getrieben von einer Mischung aus Bosheit, Lüge, Dummheit, Verschlagenheit und Feigheit. Ja, Feigheit, denn die Wehleidigkeit, mit der sich diese Spießgesellen artikulieren, wenn man sie der unverschämtesten Lügen überführt, ist wirklich einzigartig.

Wenn eine Partei, die sich immer wieder damit brüstet, plebiszitäre Entscheidungsfindungen fördern zu wollen, das Brief-Wahlrecht abschaffen will, geht die Tür vor lauter Unverschämtheit nicht mehr zu. Wenn eine Partei, die sich soziale Heimatpartei nennt, jedes einzelne Gesetz, das soziale Gerechtigkeit fördert, ablehnt, ist das eine Sauerei.

Wenn eine Partei, deren Nomenklatur zu großen Teilen aus Burschenschaftern besteht, den „kleinen Mann" vertreten will, und in Wahrheit auf das Arroganteste auf ihn scheißt, ist das eine gewaltige Lüge.

Die FPÖ ist in großen Teilen ihrer Wählerschaft eine Proletenpartei im übelsten Sinne und wird gleichzeitig von Teilen der ÖVP und der Industrie für bürgerlich gehalten.

So ein Pracht-Tag wie heute. Ich liebe es, die Wege von einem Termin zum nächsten zu Fuß zu erledigen. Und da schau ich mir so gern die Häuser in den inneren Bezirken Wiens an. Was in den vergangenen Jahrhunderten an architektonischen Juwelen gelungen ist, freut mich jedes Mal, wenn ich es sehe. Im Unterschied zu so mancher Metropole haben wir hier eine große Zahl von Gebäuden, die eine charmante Eleganz ausstrahlen, ohne protzen zu wollen. Das typisch ösische der vergangenen Zeiten spricht auch aus den Mauern: Wir hätten das alles auch viel pompöser bauen können, wollten aber nicht. Da schmerzt dann der Vergleich mit der Gegenwart: Wir hätten so vieles richtig machen wollen, können aber nicht.

Rhetorik-Training für österreichische Politiker. Erste Stunde. „Bilde Sätze mit Subjekt, Objekt und Prädikat. Und wennst no amoi an Sotz mit ‚Schaun Sie' anfangst, loss i di drei Stund lang des Studio aufwischn, bleda Kerl, bleda!"

Straßencafe in Lissabon. Zwei „elderly ladies" haben Tee bestellt. Der Kellner (schlank, tailliertes Hemd, exaktest getrimmter Bart) bringt zwei Tassen mit heißem Wasser. Er stellt die Tassen hin. Öffnet einen Tea-Bag, hält den Beutel in der rechten Hand, linke Hand hinter dem Rücken und schwenkt den Beutel im Wasser. Dann befestigt er das Schnürchen am Henkel der Teetasse, nimmt Blick-Kontakt mit der Lady auf und träufelt eine präzise gestoppte Menge Milch in die Tasse. Vorgang wird zwei mal durchgeführt. Grandezza!

Morgenlauf um die Wiener Ringstraße. Drei Erkenntnisse: Wennst eh grad einen Mordstrumm Blödsinn zsammträumst, fällt das Aufstehen zu früher Stunde leichter. Wennst beim Laufen beim Blick nach unten Deine

Schuhspitzen sehen kannst, ist die Wampe nicht so schlimm, wie alle sagen. Wennst den nächsten Profil-Blick beim Vorbeilaufen an einem Schaufenster lieber aufs nächste Jahr verschiebst, ist die Wampe schlimmer, als alle sagen.

Deine Frau liegt am Boden des Badezimmers. Mit weit geöffneten Augen. Das hat dann genau nix mit Deinem unwiderstehlichen körperlichen Magnetismus zu tun. Sie will nur prüfen, ob die neue Dichtung der Duschkabinentür hält, was der Installateur gestern versprochen hat.

Schicksal. Fahrt mit dem Taxi in Hamburg. Der Fahrer sächselt hörbar. Er ist seit 1981 in Hamburg. Davor lebte er in der Zone, wie er sagt. 1981 wollte er im Zuge eines Ungarn-Urlaubs in den Westen flüchten, wurde geschnappt, ging ins Gefängnis und wurde von der BRD freigekauft. Danach durfte er auch als BRD-Bürger sechs Jahre lang nicht in die DDR reisen. In seiner Stasi-Akte steht, dass der IM (inoffizielle Mitarbeiter) der Stasi, der ihn bespitzelt hatte, 48 Monate lang je einen handgeschriebenen Brief über ihn an die Stasi geschickt hatte. Der Spitzel ist mittlerweile gestorben. Mein Taxifahrer erzählt das alles in ruhigem Plauderton. Wir haben es beide nicht eilig. Er fährt 40, wo 50 erlaubt wäre. Ich höre zu und frage selten nach. Als wir beim Flughafen ankommen, erzählt er die Geschichte zu Ende. Was ihm am meisten Schmerzen zugefügt hatte, war der Versuch, ihm im Gefängnis die Würde zu nehmen.

Die Anopheles-Mücke. Überträgt die Malaria. Stiftet keinen Nutzen in der Pflanzenwelt. Würde keinem Tier in der Nahrungskette fehlen, weil sie selbst zu giftig ist, um gefressen zu werden. Genau so ist es mit dem Menschen.

In der Mondscheingasse gibt's eine kleine Änderungs-Schneiderei.
Ich gehe oft und zu den verschiedensten Tageszeiten dort vorbei. Jedes Mal sehe ich den Schneider in großer Konzentration an der Arbeit. Ein Herr so gegen 60, mittelgroß, kleine Bauchwölbung, bronzefarbene Haut, Haarkranz – alles zusammen mit der Aura eines levantinischen Landadeligen. Heute steht er da und schneidet Stoff zu. Im weißen Arbeitsmantel. Wie ein Chirurg, der prüfend die Arbeit des Assistenten beobachtete, bevor er nun selbst die entscheidenden Handgriffe verrichtet. Ein mal im Jahr macht er ausgiebig Urlaub. Jetzt ist er wieder da.

Keine Handschuhe ohne Hut. Es klingt noch in meinen Ohren, als wäre es gestern gewesen. Das war der „strong advise" meines Vaters, als ich als Jugendlicher in der kalten Jahreszeit zwar Handschuhe anzog, aber keine Kopfbedeckung aufsetzen wollte. Er hatte diese Etikette-Regel in den 40er-Jahren an der Handelsakademie in Karlsbad gelernt. Und jahrzehntelang nachher aktiv praktiziert. Er war einfach elegant. Im Outfit (zu seinen Lebzeiten hätte er diese Vokabel nicht einmal ignoriert) und im Innenleben. Schuhwerk und Gürtel passten immer zusammen. Das Gilet kontrastierte immer aufs Angenehmste mit dem Sakko (bis er sich einen Saucenpatzer drauf platzierte – eine Schwäche, die er mir vererbte und die eine Quelle ständiger Heiterkeit meiner Kinder ist.) Selbst, als er mit dem Vermieter meiner Studentenbude in Wien über den Mietvertrag korrespondierte, zog sich eine fein ziselierte Spur der zwingenden Sachlichkeit durch sein Schreiben. Mein Vater führte ein unglückliches Leben, an dem er früh zerbrach. Das sichtbarste Zeichen seines Desasters war der Verlust der Eleganz. Optisch und inhaltlich. Das machte ihn streckenweise roh und irritierend undifferenziert. Die feinen äußerlichen und inneren Schattierungen waren groben schwarz/weiß-Mustern gewichen. Eleganz. Keine Frage des Designs. Sondern der Haltung.

Mein unbeugsamer Opi. Ich habe ihn so geliebt. Bis heute steht er für unbeugsames Beharren auf dem Guten. Und für das Reiten toter Pferde. Macht nix. Seine Geschichten haben meine Kindheit bunt gemacht. Seine zahnlosen Gute-Nacht-Bussis waren berüchtigt und doch hätte ich ohne sie nicht einschlafen können. Er hatte ein so liebesfähiges Herz. Und so viel Jugendlichkeit – bis zum Schluss. Als er nach dem Tod meiner Omi ins Altersheim musste, habe ich ihn gefragt: „Opi, wie geht´s Dir hier?" Seine Antwort: „Hanserl, was soll ich Dir sagen: Lauter alte Leut´." Auf der Olivetti Reiseschreibmaschine, die er mir vererbte, hab ich meine Dissertation getippt. Ganz entsprechend seiner Widmung, die er auf einen kleinen Zettel geschrieben hatte: „Diese Schreibmaschine gehört im Falle meines Ablebens meinem geliebten Enkel Hannes für Lehr- und Übungszwecke." Er war der Bürgermeister der Stadt Hohenfurth und das ist er auch nach der Vertreibung aus dem Sudentenland für seine Mitbürger geblieben. Meine geliebte Schwiegermutter hat ihn bei meiner Hochzeit mit Gabi dafür gewürdigt. Opi, ich denk an Dich.

Wirtschafts-Flüchtlinge aus der Sicht des Herrn Innenministers:

Lustwandeln in Afghanistan. Bestaunen der Ruinen muslimischer heiliger Stätten, die von den fleißigen Taliban dem Erdboden gleichgemacht wurden. Sorgsame Blicke auf ebenso sorgsam verhüllte Frauen. Gute Aufsicht von gut bewachten Mädchen, damit ihnen nur ja der Schulbesuch erspart bleibt und sie möglichst blöd zwangsverheiratet werden können. Täglicher Morgenlauf durch Minenfelder und genussvolles Frühstück nach erfolgtem Überleben. All das liebevoll begleitet von mit 50 Cent die Stunde fürstlich bezahlten Polizisten.

Gerne auch Campieren unter freiem Himmel und mit großartigem Weitblick im Bombentrichter von Aleppo, wo durch den Wegfall von Häusern eine tolle Fernsicht auf Raketenwerfer und russische Bomber möglich geworden ist. Tagträumen von überirdischen 5 Euro Jobs in Österreich, wo für „Asylanten" Milch und Honig fließen. Da muss man sich doch schleunigst einem Schlepper anvertrauen. Noch schnell am Schwarzmarkt ein paar Schwimmflügerl für die Kinder kaufen und los geht's!

Der Einbeinige auf der Mülltonne. Vor ihm habe ich mich als kleiner Bub sehr gefürchtet. Wir wohnten damals am Stadtrand von Linz in einer Siedlung, in der viele „zugereiste" Familien aus den ehemals deutschen Gebieten eine „Neue Heimat" gefunden hatten. Und Anfang der 60er

Jahre konnte man noch sehr viele Kriegsversehrte sehen. So auch den Einbeinigen.

Er war ca. Ende 30 und von seinem linken Bein war nur noch ein kurzer Stummel oberhalb des Knies übriggeblieben. Seine Frau war die Hausmeisterin unseres Hauses. Er war Alkoholiker. Spätestens am frühen Nachmittag war er schwer betrunken, setzte sich auf die Mülltonne vor dem Haus, der linke Beinstummel „hing" seitlich runter und er stänkerte jeden an, der das Pech hatte, an ihm vorbei zu müssen. Auch die Kinder. Auch mich. Wir wohnten im vierten Stock und schon im Stiegenhaus hab ich ihn brüllen gehört.

Es gab noch eine Reihe anderer Männer, die nicht mehr heil aus dem Krieg zurückgekommen waren. Ich sehe sie noch, wie die beidseitig Beinamputierten in speziellen Rollstühlen unterwegs waren. Schwarzer Stahl – wie bei einem Waffenrad – eine Lenkstange mit Klingel und handbetriebene Pedale.

Oder unser Trafikant. Schwere Kopfverletzung, große Delle seitlich, manchmal seltsam in seiner Art, manchmal nicht. Im Nachhinein betrachtet, war ein Großteil der Menschen, die Anfang der 60er-Jahre so 30 oder 40 Jahre alt waren, kriegsversehrt. Manche äußerlich, viele innerlich. Und so haben sie dann auch ihre Kinder erzogen. Meine Volksschul-Lehrerin war ein einziges pädagogisches Notstandsgebiet. Drill, Klassenkampf, Ungerechtigkeit, Launen zwischen den extremsten Enden der Skala.

Sie hatten alle ein Weltbild, das noch vom 19. Jahrhundert

geprägt war, dann von den Nazis verbogen und verdorben wurde und nun hatten sie keine Ahnung, was richtig oder falsch war. Dann im Zweifel lieber das Falsche tun und darauf hoffen, es wird schon nicht so schlimm ausgehen. Wir hatten ja sogar den Krieg überlebt, was soll nun noch Schlimmeres kommen? Mühselige und widerwillige Anpassungen an Demokratie, freie Meinung, mikroskopische Spurenelemente von Toleranz wurden durch vollautomatische Waschmaschinen, Fernsehen und Urlaube in Jesolo abgemildert und belohnt. Trotzdem: Amputierte, Kranke, Beschädigte. Vieles konnte und wollte aus den verbogenen Seelen nicht weichen.

Dann auch noch die Kinder, die so anders waren oder sein wollten, als die Eltern. Und die direkt und indirekt einen ganzen Haufen jener Scheiße übernahmen, den sie doch instinktiv ablehnten. Aber immerhin: Demokratie und Farbfernsehen gab es ja doch.

Und das wunderbare Überlegenheits-Gefühl gegenüber jenen, die im „Osten" lebten. Ohne Demokratie, ohne Autos mit Heckscheibenheizung, ohne Südfrüchte, ohne Jesolo.

Mit Glück hatten die schwarzes Meer oder Plattensee und schlechtes Essen. Die hatten – je nach Land – seit Anfang der 30er oder spätestens seit dem Kriegsende keine Demokratie mehr gesehen. Keine Wahlen, die geheim waren und frei. Keine Auswahl. Statt dessen Zensur und Spitzelwesen. Kleine Kinder, die in der Grundschule nach dem Aussehen der Fernseh-Uhr gefragt wurden, um herauszufinden, ob die Eltern West-Fernsehen sahen. Ausländer aus Afrika oder Vietnam, die schon damals verachtet und diskriminiert wurden. Und genauso viele Kriegsversehrte wie im Westen. Äußerlich und innerlich.

In den Nuller-Jahren des 21. Jahrhunderts habe ich dann in Deutschland mit vielen Menschen Kontakt bekommen, die knapp 40 Jahre waren. Vielen ging der Mauerfall am Arsch vorbei. Sie sahen die Solidaritätsabgabe am Lohnzettel, hatten Kollegen aus dem Osten, die sie als kleinkariert und engstirnig empfanden und wussten nicht, wofür das alles gut gewesen sein sollte. Amputierte. Auf beiden Seiten. Immer noch.

Liberalismus in der ÖVP. Halbzeit meines Politikwissenschaft-Studiums. Ein Seminar zu den politischen Parteien in Österreich. Die Auswahl der im Parlament vertretenen Parteien war Anfang der 80er durchaus übersichtlich. Mein sehr verehrter Professor hatte für die Seminar-Arbeiten ein spannendes Thema im Angebot:

„Der Liberalismus in der ÖVP." Ich konnte nicht widerstehen. Und hatte am Ende des Semesters: Nichts. Und ich weiß bis heute nicht, ob es sich bei dem angebotenen Thema nicht um einen Scherz des Professors gehandelt hat. Wenn ja, wäre somit der wissenschaftliche Beweis erbracht, dass es so etwas wie deutschen Humor doch gibt.

Gespräch in einer Kantine: „Host scho gheat, der X hod das Unternehmen verlassen!" „Jojo, Reisende soi ma ned aufhoidn." „Eh. Jedem das Seine." „Genau. Olles dreht sich, Olles bewegt sich." „Moizeit!" „Scheens Wochnend!"

In einem Beichtstuhl im Burgenland. „Bitt, Hochwürden, ich war schlimm. Ich hab a Gschichterl druckt übern Tempelberg, die was nicht stimmen tut. Ich hab gsagt, ich hätt die meisten Stimmen im Nationalrat kriegt, obwohl ich die wenigsten kriegt hab. Ich hab gedroht, die Leut werden sich noch wundern. Ich hab gsagt, dass die Asylanten genauso viel kriegen, wie unsere Leut, obwohl's net stimmen tut.

Ich hab gsagt, dass wir raus aus der EU sollen und nachm Brexit hab ich's abgstrittn. Und jetzt will ich auch noch, dass mir der liebe Gott beim Lügen helfen tut. Hochwürden, ich war wirklich schlimm. Ich bitt um eine milde Buße." „Na ja, Norbertl, so leicht ist das nicht. 10 Vater Unser, 10 Gegrüßet seist Du Maria und 10 schmerzhafte Rosenkränz musst schon beten. Aber schon auf Knien. Und net vergessen: Der liebe Gott sieht alles!"

Nein sagen ist manchmal wirklich leicht.
Ja sagen verlangt Verantwortung und Lösungs-Kompetenz. Neulich hat mich ein Kunde, den ich als Coach schon eine Weile begleiten darf, gebeten, ausnahmsweise wieder in

mein „altes Leben" als Werber einzusteigen. Nicht, um nun eine Kampagne für ihn zu entwickeln – da bin ich wirklich nicht mehr zeitgemäß – sondern, um ihn zu einem Meeting mit seiner Agentur zu begleiten.

Meine Aufgabe: Beobachten, wie das Meeting so läuft und welche Rollen-Spiele da ablaufen. Das Setting: Mein Kunde, sein Werbeleiter und zwei Leute der Agentur, die keine Kunden bei mir sind. Der Ablauf: Die Agentur präsentiert durchaus beherzte und bedachte Vorschläge, geht gut mit der Markt-Situation des Kunden um und spricht eine klare Empfehlung aus.

Der Werbeleiter begleitet bereits die Präsentation mit kontinuierlich ablehnendem Mienenspiel und mühsam unterdrücktem Bedürfnis, dreinzureden. Endlich ist er dran und legt los. Zerlegt jedes Agentur-Argument und erklärt, warum es so nie funktionieren wird und auch noch nie funktioniert hat. Nach der Stalinorgel der Killer-Thesen lehnt er sich zufrieden zurück und betrachtet das Ausmaß der Verwüstung.

Und mir fallen das X-theoretische und das Y-theoretische Verhalten ein.

X-theoretisches Verhalten ist jener Kommunikations-Stil, der bei der Ideen-Findung in Teams reflexartig nach Gründen sucht, warum und woran ein Vorschlag scheitern wird oder scheitern könnte.

Typische Beispiele für dieses leider sehr alltägliche Phänomen:„Das hat noch nie geklappt." „Diese Idee hat der Kunde schon vor einem Jahr verworfen."„Ich kenne den CFO, dafür gibt er das Budget nie frei." „Zu teuer, zu kompliziert, zu langsam, zu schnell ..." Liste unvollständig und durch eigene Alltagserfahrung beliebig erweiterbar.

Y-theoretisches Verhalten zeigt sich immer dann, wenn ein Vorschlag oder eine Idee positiv-reflexartig ZUERST auf seine Chance zur Verwirklichung überprüft wird. Erst wenn „das Gute" einer Idee identifiziert und registriert worden ist, „darf" auch über kritische Faktoren diskutiert werden. Diese kritischen Faktoren haben dann aber eine weitaus bessere Chance, überwunden zu werden, weil erstens die Vorfreude auf das „Gute" sehr wohltuend treibt und zweitens die Geling-Faktoren meist auch Lösungsansätze für die Bewältigung der erkannten Probleme liefern. Dieser Zugang steht gern im Verdacht der esoterischen Wirklichkeits-Verweigerung. Und doch gibt es Weltkonzerne wie Procter & Gamble, die es zur Hausregel im Vorschlagswesen erhoben haben, dass zuerst das Gute und dann erst das Schwierige an einer Idee diskutiert werden muss. Bei meinem Kunden war allerdings das Kind in den Brunnen gefallen.

Vielleicht ein Fall für´s Einzel-Coaching ...

Ein Abend in der Eiffel. Die Kellnerin kommt sicheren Schrittes auf mich zu. Im Anschlag eine Flasche Weißwein. Sie macht dezidierte Anstalten, mein Glas zu befüllen. Ich schreite ein. „Augenblick, bitte, den hab ich nicht bestellt." Kellnerin unbeugsam: „Doch, den haben

Sie gestern bestellt, aber nicht ausgetrunken." Ich sammle meine Kräfte: „Aber gestern war ich noch gar nicht hier." Ich suche nach hilfreichen Details. Glück. Am Flaschenkragen ist eine Papierserviette, auf der steht eine Zimmernummer: 208. Ich habe 309. Rettung. Die Kellnerin gibt achselzuckend auf. Augenblicke später sinkt der mindestens 80 jährige Herr am Nebentisch in Superslowmotion unter die Tischkante. Am Boden angekommen, rollt er sich selbst in stabile Seitenlage und wartet. Sein Stuhl war unter ihm zusammengebrochen. Ein stämmiger Hilfskellner eilt herbei, nimmt den weiterhin stummen Verunfallten unter die Achseln und hebt ihn hoch. Scheint ein Routine-Vorfall zu sein. Schräg gegenüber hat sich eine Dame um die 70 aus der Stoffserviette ein putziges Hütchen gebastelt und setzt es sich auf.

Im Spiegelbild der Fensterscheibe bewundert sie die kecke Schieflage über dem linken Ohr. Der Oberkellner bemüht sich um meine Aufmerksamkeit. Sein Gesicht ist gefühlte 5cm von meinem entfernt.

„Jungäär Mann, darf es auch ein Dässäärt sein?" Auf seinem kahlen Schädel spiegelt sich die Tischlampe über ihm. Ungarischer Wirtschafts-Flüchtling halt. Ich bin wieder da. In der Eiffel. Wershofen. Da ist alles anders. Wenn ich am Samstag Abend nicht wieder in Wien bin, ruft die Interpol.

Führen heißt nicht, sich als autorisierten Vollstrecker eines Mehrheitswillens zu verstehen. Das wäre die Umsetzung eines quantifizierten Durchschnitts. Führen heißt, den Kompass zu einem Ziel auszurichten und sich mit sinnstiftenden Impulsen zu bemühen, eine möglichst große Zahl von Geführten dorthin in Bewegung zu bringen.

Status-Denken als Gruppen-Blödheit.
Düsseldorf Flughafen. „Fast Lane" beim Security-Check: 9 Personen in der Schlange.
Bei den 3 weiteren geöffneten Checkpoints für „Normal-Sterbliche": Jeweils 1 Reisende/r.
Die Wirklichkeit ist die beste Karikatur.

Im Flugzeug sitzt eine junge Frau. Sie liest die Zeitung „Österreich". Wir fliegen durch Turbulenzen. Ihr wird schlecht und sie legt die Zeitung auf ihren Schoß. Griffbereit darauf das Speibsackerl. Ich finde, die beiden Produkte sollten grundsätzlich gemeinsam ausgeliefert werden.

Das Flackern der Fahrradlichter auf dem anthrazit-farbenen Asphalt.
Die kalte Luft, die durch Mund und Nase kommt. Die dampfige Wärme unter der Haube. Um diese Jahreszeit vor 45 Jahren. Der boshaft-gedankenlose Schul-Administrator

hatte wieder einmal für ein ganzes Schuljahr zwei Turn-
stunden in die allerletzten zwei erlaubten Schulstunden
gesetzt. Und die endeten um 18.30. Duschen gab es keine.
Und so zwängten sich 30 pubertierende verschwitzte Jungs
ins Gwand, sprinteten im Le Mans-Start zu den Fahrrad-
ständern, um nach Hause zu rasen.

Der Bus fuhr nur alle halben Stunden und war natürlich
schon weg, wenn man keuchend bei der Bus-Station angekommen war.

Im wöchentlich konsequent falschen Kalkül, man würde
die Vorabendserie doch noch erwischen, wenn man mit
dem Rad sprintet, hatten alle sich auf die Treter geworfen
und waren doch immer nur gerade noch zum Abspann
daheim durch die Wohnungstür gepoltert. Auch, weil
unterwegs das eine oder andere Zuckerlgschäft heimtückisch lauerte. Da waren im Advent diese roten Kugeln in
den Auslagen. Und die roten Lametta-Girlanden. Und die
Krampusse aus Schokolade oder getrockneten Zwetschken.
Immer so verführerisch ausgeleuchtet, dass die Preista-
ferln im Gegenlicht verschwanden. Und der hinterhältige
Besitzer des Zuckerlgschäfts hatte einem auch noch aufge-
lauert und zu Fleiß die Sperrstunde überzogen. Irgendwie
gut, dass in der Früh ein unbeobachteter Griff in Mutters
Geldbörse geglückt war, denn das Ende des Taschengelds
war erreicht, das Ende der Woche aber noch lange nicht.
Und so gönnte man sich so ein rotes Sackerl mit diesen
Schokopastillen, die mit dem bunten Zuckerstreusel
bedeckt waren. Einmal Milchschoko, das nächste Mal Mint.

Einhändig oder freihändig weiter auf dem Rad (je nach Straßenbahn-Schienen-Dichte) und während dessen die Schoki im Eilverfahren genießen, bevor die elterliche Inquisition zuschlägt. Und daheim wieder nur den Abspann der Vorabendserie erwischt. Kind sein, bevor der erste Flaum sprießt. Etliche Jahre später sollte rotes Licht ganz anders konnotieren.

„Schief is Englisch und Englisch is modern." Das ist das herrlichste Zitat aus dem Munde meiner geliebten Tante Mimi. Ihr gebührt ein Ehrenplatz im „Museum der Erinnerungen" (copyright Kai Flemming). Ihr Bild soll im Festsaal hängen, einen schlichten Holzrahmen haben und von weichem Licht umflort sein. Tante Mimi.
Profan formuliert war sie unsere Putzfrau. Das wäre allerdings eine skandalöse Entgleisung.
Sie war ein authentisches und autorisiertes Familien-Mitglied, das uns jeden Freitag besuchte und zufällig auch unsere Wohnung putzte. Das Zitat war ihre Antwort auf meine Feststellung, dass nach ihrer Staubwedelattacke alle Bilder in allen Zimmern schief hingen. „Schief is Englisch und Englisch is modern." Alles klar. Tante Mimi.
Natürlich war sie keine Verwandte. Aber damals war es üblich, allen Erwachsenen, die ein einigermaßen stabiles Naheverhältnis zu Kindern hatten, den Ehrentitel Tante oder Onkel umzuhängen. Und sie verhielt sich auch so.
Als mein Bruder geboren wurde und unsere Mutter mit

ihm im Krankenhaus war, wurde Linz von einer Grippe-
welle heimgesucht. Meinen Vater und mich hat´s auch
erwischt. Tante Mimi ebenfalls. Trotzdem ist sie mit 39
Grad Fieber vom anderen Ende der Stadt zu uns gefahren
und hat uns Hühnersuppe gekocht. Sie hatte ein Herz aus
absolut reinem Gold. Und eine wunderbar unbekümmerte
banale Körperlichkeit, mit der sie auch im Putzkittel
einfach gut aussah.

Tante Mimi und ihr Mann (der Onkel Willi) stammten aus
den ehemaligen deutschen Ost-Gebieten und das hat auch
ihre Sprache geprägt. Wenn sie sich was gekauft hatte, mit
dem sie dann doch nicht zufrieden war, pflegte sie zu
sagen: „Jetzt hab ich mich aber bekauft.“

Onkel Willi war Arbeiter im Walzwerk der Vöest. Als er
einmal mit dem Daumen in die Presse geriet, musste er im
Unfallkrankenhaus verarztet werden und erwarb sich bei
mir den Status eines ewigen Helden. Tante Mimi und
Onkel Willi hatten fünf Kinder. Drei Töchter und zwei
Söhne. Bei allen Hochzeiten der Sprösslinge war mein
Vater im Einsatz. Er hatte das repräsentativste Auto und in
dem musste das Brautpaar chauffiert werden.

Als ganz kleiner Bub hatte ich einen Dreiradler mit Luft-
reifen (!) und Willi, der jüngste Sohn (um einige Jahre älter
als ich), passte auf mich auf und lief neben mir her, damit
ich nicht vom Gehsteig runterkippe. Willi war wie seine
Mama ein herzensguter Mensch. Auf ihn war sie besonders stolz. Als er es in Abendkursen zum technischen
Zeichner in der Vöest schaffte und einen weißen Mantel im

Büro trug, schwebte Tante Mimi drei Meter über dem Erdboden.

Tante Mimi war auch eine Instanz in Sachen Mode und Musik. Sie trug tatsächlich Mini-Röcke. Und als meine Mutter Anfang der 6oer-Jahre wieder einmal an der Liebe verzweifelte, tauchte Tante Mimi mit einer Connie Francis-Platte auf: „Die Liebe ist ein seltsames Spiel, sie kommt und geht von einem zum andern …" Die Platte lief so oft, dass ich den Text auswendig konnte und im Kindergarten zum Vortrag brachte. Sehr zur Verwunderung der dort amtshandelnden Klosterschwestern.

Ja, die Religion. Weil Tante Mimi immer Freitags kam und sich doch so sehr bei uns anstrengen musste, pilgerte meine Mutter zum damals in unserer Pfarre amtierenden Fernsehpfarrer Liss. Der – dem Weiblichen sehr zugetan – musste lange nachdenken, bis er meiner Mutter die Lizenz ausstellte, uns alle am Freitag mit Fleisch zu verköstigen, damit die Tante Mimi nicht von demselben fallen möge. Daher rührt eine zweite verbale Ewigkeit, die ich Tante Mimi verdanke. „Tante Mimi, was gibt's denn heute zum Essen?" „A guts Fleischl mit an Soßl!"

Als Tante Mimi älter wurde, wurde ihr das manchmal ein bisschen zu schlichte Gemüt zum Verhängnis. Sie ignorierte beharrlich alle körperlichen Warnsignale, bis ihre Nieren kaputt waren und sie ein Fall für die Dialyse wurde. Ihr Tod hat uns alle fürchterlich mitgenommen.

Als Trost bleibt uns für immer: „Schief is Englisch und Englisch is modern."

Posting meiner Tochter Hannah.
In meinem Bezirk sind nur Jogger. Grade in der Straße, in der ich wohne, sehe ich täglich dutzende den Friedhof entlanglaufen. Ich verstehs eh, dass man sich gern die übrig gebliebenen Sommerröllchen abtrainieren möchte, um dem Winterspeck Platz zu machen. Oder sich gegen die Weihnachtskilos einen kleinen Puffer zu schaffen, weil man sich ja für 2017 soo viele Ziele an den eigenen Körper gesetzt hat. Da bekommt man ja schon fast ein schlechtes Gewissen, wenn man seit fünf Jahren keinen Sport mehr betrieben hat. Besonders gern stehe ich neben denen, die an einer roten Ampel auf- und abspringen. Ich lächel sie dann immer freundlich an, bevor ich an meiner Zigarette zieh.

Bürgermeister Häupl und Sybille Straubinger. Video-Botschaft an die p.t. Partei-Mitglieder. So auch an mich. Durch einen technischen Fehler wurde auf meinem Laptop die Original-Tonspur abgespielt, die offensichtlich nach den Dreharbeiten neu synchronisiert wurde. Häupl: „Gaunz eahrlich, warum i mi do jetz heastöh und mit eich redn soi, is ma schleiahoft. Wos woids ia scho wieda, es Gfrasta? Kau jetzt endlich amoi a Ruah sein im Gemeindebau? Schreibts olle hundert moi: I soi de Pappm hoidn und da Michl wiad des scho mochn. Sowas nennt ma in da modeanen Demogradie eine spontane Solidaritäts-Adresse. Nua damits wissts, wia die Wissenschoft des siecht. So.

Und warum die Genossin Straubinger do nebm mia steht, waaß i jetzt gaunz eahrlich a ned, wäu sie hod jo ned amoi a eigenes Mikrophon. Redst hoid in meins eini, wauns unbedingt sei muass."

Der Arschloch-Faktor. Robert Sutton schreibt in seinem Welt-Bestseller „Der Arschloch-Faktor", dass es in jedem System einen gesicherten Bodensatz von 20 Prozent Arschlöchern gibt. Die sind veränderungs- und beratungs-resistent. Cut. In den bisher 12 Jahren, die ich als Coach arbeite, ist mir bei Konflikten kein einziger Fall begegnet, wo die sogenannte Schuld-Frage eindeutig zulasten einer Partei beantwortet werden konnte. Cut. Das Ziel gelungenen Konflikt-Managements ist die Handlungsfähigkeit aller Beteiligten. Nicht Sieg oder Niederlage. Cut. Wenn wir eine bessere Welt haben wollen, müssen wir wohl die Arschlöcher vergessen. Aber die Armleuchter sind ansprechbar.

Es gibt Gegenstände, die hat man als Kind ganz selbstverständlich benützt. Und plötzlich werden sie einem als Erwachsenem wieder angenehm. Zum Beispiel die Schultaschen, die wir in der Volksschule ganz natürlich am Rücken trugen. Kaum waren wir aus der Volksschule raus, musste dieses „stigmatisierende" Utensil durch eine Aktentasche ersetzt werden. Die war zwar zu groß und zu schwer und hat uns in gefährlichen Schieflagen daherwa-

ckeln lassen, aber uns immerhin von den „Kleinen" abgegrenzt, die von der Mama noch die geschälten Apfelspalten
im Plastikschachterl als Schuljause mitgegeben kriegten.
Und heute bin ich total easy mit meinem Samsonite Rucksack unterwegs und freu mich, dass es sowas Cooles gibt.
Nur dass mir mein Schatzi Apfelspalten im Tuppergschirr
mitgibt, wäre mir nach wie vor nicht recht. Oder die langen
Unterhosen. Waren so angenehm beim Rodeln und beim
Eislaufen. Bis zur Pubertät. Dann absolutes No Go. Heute
am Christkindlmarkt war die Sehnsucht danach plötzlich
wieder da.

Wenn alle, die sich in der U-Bahn erzählen, wie unendlich bedeutsam und unentbehrlich sie in ihren Jobs sind, das auch tatsächlich wären, hätten wir alle Krankheiten besiegt, das Perpetuum mobile erfunden und den Mars besiedelt.

Peter Filzmayer. Er kann fünf Minuten sprechen, ohne zu atmen.
Der Apnoe-Taucher der politischen Analyse.

Das „gesunde Volksempfinden"
ist ein Massenmörder.

In der angeblich stillsten Zeit des Jahres. Ich muss ich an jemanden denken, der in einer prototypisch lauten und flachwurzeligen Welt eine wahre Lichtgestalt gewesen ist: Uwe Lang, den wunderbaren Chef von Ammirati Puris Lintas, der im Jahr 2001 mit nur 53 Jahren gestorben ist.

Uwe erfüllte ein sehr seltenes Kriterium, das in der damaligen Welt der Eitelkeit und des mühsam versteckten Neides eine unglaubliche Seltenheit darstellte: Er war mein Freund.

Kurz nachdem ich Geschäftsführer der österreichischen Niederlassung wurde, tauchte er auf und blieb mein Begleiter. Er – und der großartige Uli Pallas – waren meine Ansprechpartner in einer Region, die damals „German Speaking Europe" genannt wurde.

Dieser Begriff war nicht von Anfang an so geplant. Ursprünglich wollten die Amis die Region bestehend aus Deutschland, Österreich und der Schweiz „Germanic Europe" nennen. Und da hat sich der kleine Oesi so aufgeregt, dass der große Uwe beim nächsten Board-Meeting in New York für die richtige Benamsung gesorgt hat.

Uwe war das Mastermind hinter unserem Wiener Management Buy Out und hat uns mit absoluter Loyalität durch die monatelangen Verhandlungen begleitet. Als wir einmal in Wien einen richtig großen Pitch gewannen, hat er von Hamburg aus Kontakt mit einem Wiener Delikatessengeschäft aufgenommen und drei Stunden, nachdem er die gute Nachricht erhalten hatte, wurde uns ein Dutzend eisgekühlter Champagner-Flaschen in die Agentur zugestellt. Mit Uwes Nachricht anbei: „Auf Euch kann man nur stolz sein."

Dann passierte der Lowe/Lintas-Merger und Uwe und ich waren gemeinsam mit einigen wenigen als letzte Lintas-Mohikaner übrig geblieben. Wir trafen uns damals zum ADC-Fest in Berlin und er zeigte mir „sein" Berlin. Stundenlang waren wir gemeinsam unterwegs.

Ich habe seine Anrufe genossen. Jedes Mal. Auch dann, wenn wir uns mal nicht einig waren. Eigenartig morbid waren die Budget-Meetings im Dachgeschoss des viel zu groß geratenen Lintas-Protzbaus am Mittelweg in Hamburg. Man konnte ihm ansehen, wie unangenehm ihm das versteinerte Erbe seines Vorgängers gewesen ist.

Uwe war ein Mensch. Großartig und verwundbar. Eine Rarität. Ich vermisse ihn immer noch.

Bein-Arbeit. Im frühmorgendlichen Dämmerzustand vor dem Boarding ist die Wahrnehmung immer wieder auf körpersprachliche Phänomene gelenkt, die man in wacheren Verfassungen wahrscheinlich nicht registrieren würde. Insbesondere männliches Primatenverhalten ist nicht zu übersehen. Die Species der grade noch so „gefestigten" Staturen, die einen knappen Zentimeter davon entfernt sind, unter die Kategorie „dick" zu fallen. Das sind die Anzugträger, bei denen dann alles recht knapp sitzt. Und an bestimmten Stellen steht was weg. Der Hemdkragen sitzt extra-knapp am Hals, der präzisest geknüpfte

Krawatten-Knoten steht im 45 Grad Winkel vom Hals weg, das doppelt geschlitzte Lätzchen am Rückenteil des Jacketts mag sich nicht an die hintere Rundung schmiegen, sondern „schwebt" fürwitzig im Respektsabstand zum Sitzgerät. Alles ist so kompakt, dass der Einwohner einer solchen Komposition irgendwie wie festgezurrt im eigenen Körper wirkt. Jede Bewegung muss penibel kontrolliert werden, ein selbstbewusster Blick in die Runde erfolgt durch leicht hervorquellende Augen (der enge Hemdkragen, die Krawatte ...). Zwischen Ohr und exaktest getrimmten Koteletten bahnt sich ein hauchdünnes Bächlein Schweiß seinen Weg nach unten. Alles zeigt äußerste Anspannung bei gleichzeitigem ultimativem Bemühen um in sich ruhende Souveränität. Und dann erfolgt das bei allen Repräsentanten dieser für den Lauf der Welt unentbehrlichen Säulen der Zivilisation fulminante Schluß-Signal: Das resolute Aufstellen des rechten Fußes nach schräg vorne. Je nach Beschaffenheit des Absatzes akustisch untermalt von einem mehr oder weniger revier-markierenden Klacken. Die Zone der Dominanz ist definiert und gegen andere kurzatmige Kraftpakete abgegrenzt. Das Boarding kann beginnen.

22. Dezember 2016.-10. Jänner 2017. Facebook-Detox.

Drei Bücher gelesen: „Cox oder der Lauf der Zeit" von Christoph Ransmayr, „Thomas Bernhard – eine Biografie" von Manfred Mittermayer, „Die Kunst des klaren Denkens" von Rolf Dobelli.

Eine Woche zur Reha-Auffrischung in Bad Harbach ohne Rehaberer, dafür mit Schatzi. (Viel besserer!) Viel reden. Viel mehr Handy-Akku. Langsames Ausklinken aus dem parallelen Mitschwingen einer parallelen Welt. Erkennen, wie dominant narzisstisch angehauchte Gewohnheiten geworden sind. Online-Info-Umstieg auf Standard und ORF.

Was fehlt: Die vielen kleinen und großen persönlichen Nachrichten meiner Freunde.

Ohne Kai Flemming geht´s gar nicht. Respekts-Abstand einhalten: Zum Lesen der Kommentare bei anderen Postern. Zu den immer gleichen Positionen aller Meinungs-Habenden zum Thema Israel. Zu Rassismus, Chauvinismus, Binsen. Zu den Hohlkörpern der „Sinnsprüche".

Was ansteht: Strenge Diät. Ab und zu ein Gschichterl oder eine Beobachtung absondern. Keine Kiefersperre mehr für notorische Themen. Genießen. Mitfreuen. Trösten. Gratulieren.

Die Nähe der Aufrechten, der Bemühten, der Zweifler, der Standhaften, der Tapferen suchen.

Ich mag die Spender, die Teilenden, die bedingungslos Liebenden, die Großzügigen.

Ich liebe die Lachenden, die Weinenden, die Heiteren, die Gelassenen, die Verzeihenden,
die Interessierten, die Faszinierten und die Faszinierenden, die Selbstironischen.
Ich will von ihnen lernen. Die Buckelnden, die am Sonntag in den Kirchenbänken knien, ein paar Cents in den Klingel-beutel schmeißen und entrückt dreinschauen, weil sie glauben, all das würde ihre wochentäglichen Schandtaten löschen, sind mir verdächtig.

Die „Neugierigen", die Interesse gegen Schnüfflertum getauscht haben, schrecken mich ab mit ihrer nervösen Betriebsamkeit. Die Reichen, die mit ihrem mieselsüch-tigen Geiz und ihrer rabiaten Bedürfnislosigkeit anderen die Lebensfreude vergällen, sind mir zutiefst unsympa-thisch. Die trostlos Gebildeten, die mit eiskalter Analyse zu allem was zu sagen haben, der ganzen Welt die Welt erklären und nichts verstehen, tun mir im Herzen weh.

Die Eltern, die ihre Kinder zu gemeingefährlichen Anar-chisten erziehen, keine Grenzen setzen und den Ego-Trip für die Landkarte des Lebens halten, machen mich wütend. Die Blindwütigen, die nur auf einem Auge sehen und damit alles aufs Korn nehmen, das sich nicht kritiklos der Einseitigkeit unterwirft, vertreiben mich mit ihren intellek-tuellen Geiselnahmen aus den Freundschaften.

All denen werde ich – so gut ich kann – aus dem Weg gehen. Und mit aller Strenge das Aufkeimen solcher Muster in mir bekämpfen.

Vom Reiten toter Pferde. Vor Jahren habe ich einen Gutteil meiner Freunde in zornige Verzweiflung gebracht, weil es mir nicht und nicht gelingen wollte, mich aus einer hochtoxischen Affaire zu lösen. In grausam regelmäßigen Abständen ließ ich es zu, vom Subjekt meiner Sehnsucht ganz schlimm verarscht zu werden. Psychologisch versierte Freunde machten mich mit einer Reihe spannender Begriffe aus dem Lehrbuch bekannt, um meine eigene Lage und die Gemeinheiten der vermeintlichen Übeltäterin drastisch zu illustrieren. Diesen Psycho-Brockhaus zur Lösung meiner emotionalen Geiselhaft kann ich seitdem in meiner eigenen professionellen Arbeit sehr glaubwürdig gebrauchen.

Zum Glück sind mir alle damaligen Freunde bis heute erhalten geblieben und meine Dankbarkeit für ungezählte Verarztungen im trauten Zweier-Pack oder auch in Gruppen ist grenzenlos. Ebenso wie die Einsicht, dass das Reiten toter Pferde zu den gefährlichsten Sportarten gehört. Der ökonomische Hausverstand weiß ja ohnehin: Man soll gutes Geld nicht dem schlechten nachwerfen. Soll heißen: Wenn wir schon in das falsche Anliegen investiert haben, sollten wir den Punkt erkennen, ab dem jede weitere Mühe nicht nur sinnlos, sondern auch unsinnig ist. Genau das fällt halt dann so schwer. Denn man müsste sich selbst und seiner Umgebung eingestehen, aufs falsche Pferd gesetzt zu haben. Und nun ist der Gaul verreckt, man sitzt nach wie vor im Sattel und glaubt an die Landschaft, die vermeintlich an einem vorbeizieht. Als lustvoll struktur-konservativem Menschen war mir das Gerede um „Change" immer suspekt. Das anglo-amerikanische „embrace change" hat mich zeitweise regelrecht wütend gemacht. Warum soll ich etwas umarmen, das mir mein Leben so schwer macht und mich aus der Komfort-Zone geliebter Gewohnheiten vertreibt? Antwort: Weil ohne die Akzeptanz der Notwendigkeit der Veränderung die „Wirklichkeit" genau im falschen Moment in gnadenloser Härte ihren Wegzoll kassiert. Schöne Formulierung – muss ich mir für mein nächstes Seminar merken ... Einer meiner zahlreichen früheren internationalen Koordinatoren hat mich einmal ganz arg ins Schwitzen gebracht, als er mich fragte: „Wenn Du im Lotto gewinnst und genug Geld für eine eigene Agentur hast: Wieviele Deiner derzeitigen Mitarbeiter nimmst Du mit?" Als Coach frage ich manchmal meine Kunden, die sich an schwierige Mitarbeiter klammern: „Wer von Deinen Mitbewerbern würde Dir diesen Menschen abwerben?" Und in der Coach-Ausbildung haben wir gelernt, genau jene Interventionen, die wir besonders gern (und durchaus auch erfolgreich praktizieren), mutig eine Zeit lang auszusetzen, damit wir nicht in die selbst gestellte Falle der Wirkungslosigkeit tappen. Und trotzdem mach ich mir jedes mal in die Hose, wenn ich ein neues Handy kriege und nicht sicher bin, ob meine Daten vom alten aufs neue transferiert werden ...

Die (Schnitt-)Menge macht's. „Wir haben da zwei ganz tolle Führungspersonen identifiziert, die sind total verschieden und das finden wir wunderbar, weil die werden sich großartig ergänzen."

Mit großer Wiederholungsdichte begegnet mir dieser von meist ehrlichem Enthusiasmus getriebene Satz. Und mit Zunahme solcher Erlebnisse verkürzt sich meine Reaktionszeit, die mich innerlich zusammenzucken lässt: Das wird ziemlich sicher schief gehen.

Auch wenn die Physik uns lehrt, dass ungleichnamige Pole sich anziehen,

so hält sich die menschliche Realität in den allermeisten Fällen nicht an das Verhaltensmuster von Metallen.

Die zwischenmenschliche Zusammenarbeit braucht einfach die Basis einer Schnittmenge, die größer ist, als die Summe der Unterschiede. Die Verschiedenheiten sind dann die Gewürze, die das Menue spannend machen.

In dieser Reihenfolge. Anwendungs-Gebiete dieser wohltuend banalen Erkenntnis begegnen uns täglich und an vielen Plätzen: (Angebliche) Vorstands-Teams, Regierungs-Koalitionen, private Beziehungen. Als Parship-Veteran, der die Liebe seines Lebens der Kuppelei eines wunderbaren Algorithmus verdankt, behaupte ich: Jeder Tag, an dem Du aufwachst und weißt, dass Du Dein Leben mit einem kongenialen und nicht konkurrierenden Menschen verbringst, ist ein guter Tag.

Von den Nächten ganz zu schweigen ...

Mir tun die kleinen Kinder in den Flugzeugen richtig leid. Während der schlechte Druckausgleich bei Start und Landung den Erwachsenen die Ohren verschlägt, verursacht der selbe Vorgang in den kleinen Ohren schlimme Schmerzen. Wer mir aber absolut am Oarsch geht, sind die Eltern, die sich auf dieses vorhersehbare Ereignis genau Null vorbereiten. Also, was warat gscheit: Gebt's euren Gschrappen was zu TRINKEN oder was zu KAUEN, das öffnet die Gehörgänge. Nehmt's was zum Spielen mit. Für jeden Schas habts eine App, aber den Download von an harmlosen Kinderspiel oder an klan Disney Film bringt's net zsamm? Das bescheuerte „Sch Sch", wenn's Baby plärrt, nutzt genau nix!

(Die ersten) 12 Jahre als Wirtschafts-Coach.
12 Erkenntnisse.

1. Wenn Du willst, dass sich in Deinem System etwas ändert: Fang bei Dir selbst an.

2. Wer das Ziel nicht kennt, der kann den Weg nicht finden.

3. Ziele sind Lösungen. Zahlen sind Ergebnisse. Eine Zahl ist kein Ziel.

4. Wichtig schlägt Dringend. Wichtig ist alles, was mich meinem Ziel näherbringt. Dringend ist alles, was von außen auf mich einwirkt.

5. Mit täglich einer Stunde fürs Wichtige schaffe ich 65% meiner Produktivität. Dann bin ich produktiv statt beschäftigt.

6. Leadership is all about compasses, not roadmaps. Führen heißt anführen und nicht durchführen.

7. Führen ist die Vermittlung von Sinn. Ohne Sinn ist alles sinnlos.

8. Konflikte sind normal. Sie werden behandelt, nicht gewonnen oder verloren.

9. Das Ziel des Konflikt-Managements ist die Handlungsfähigkeit aller Beteiligten.

10. Komfort-Zonen sind bequem möblierte Gefängnis-Zellen. Irgendwann wirft jemand die Tür ins Schloß und schmeißt den Schlüssel weg.

11. Lernen ist nicht das Ansammeln von Wissen, sondern der gemeinsame Erwerb neuer Fähigkeiten.

12. Coaching ist mein Leben.

Glaubens-Gemeinschaften. So viele „neue" Vokabel, die – kaum hat man sie lernend verstanden – vom nächsten Buzzword überholt werden: Postfaktische Gesellschaft. Alternative Facts. Blasen. Echo-Kammern ... Wissen wird durch Glauben ersetzt. Es häufen sich die Erlebnisse, wo Menschen, denen man gerne glaubt, eingestehen (müssen), dass sie Fake-News auf den Leim gegangen sind. Und man selber gleich mit, weil man ungeprüft die falsche „Wahrheit" weiterverbreitet oder zumindest geliked hat. Glauben.

Ich empfinde mich selbst als „gläubigen" Menschen, auch wenn ich vor mehr als 30 Jahren aus der Kirche ausgetreten bin.

Aber dem lieben Gott hab ich nicht gekündigt und – gefühlt – er/sie mir auch nicht.

Und gleichzeitig war mir der vorschriftsmäßige „Glaube" an die diversen Wunder schon als Kind unmöglich: Wasser in Wein verwandeln. Mit ein paar Broten und Fischen eine riesige Menschenmenge sättigen. Manna, das vom Himmel regnet. Ein ganzes Meer, das sich teilt. Die unbefleckte Empfängnis. Die diversen Himmelfahrten in mehreren Weltreligionen. Auferstehungen, Wiedererweckungen, geheilte Krampfadern: „Alternative Fakten"? Kaum begründbar, gar nicht beweisbar, vom schieren Glauben abhängig.

Heute entstehen ganz neue Glaubens-Gemeinschaften. Virtuell verbundene Menschen, die bereit sind, „news" Glauben zu schenken, deren „truth" sie nicht überprüfen wollen.

Die „Aufklärung" scheitert vor sich hin. Weil sie immer schon anstrengend war. Und auch (lebens)gefährlich. Für die Betreiber und die von ihr Getriebenen. Und die Aufklärung siecht, weil „die Menschen" immer weniger imstande/bereit sind, sich der Mühe des Zweifels auszusetzen. Die Aufklärung hat die Vernunft als Unterscheidungsmerkmal zwischen Mensch und Tier auf den Thron gehoben. Und nun wird die hohe Pflicht, auch auf die Falsifizierbarkeit von Behauptungen zu achten, (wieder) zum Störfaktor der Machthaber.

Die einfachsten Mechanismen des Hinterfragens werden nicht mehr angewendet. Wenn die Demagogen aus allen Richtungen ihre Pseudo-Erkenntnisse bellen, wird es immer schwieriger, sie binnen weniger Augenblicke der Lüge zu überführen.

Aber ein Mechanismus funktioniert immer und ist allen der Wahrheit Verpflichteten zumutbar: Das Instrument der Frage. „Wenn Sie sich auf Experten berufen: Welche sind das und wo kann ich das nachlesen?" „Auf welchen Zeitraum beziehen sich ihre Zahlen und wie realistisch ist ihr Eintreten?" „Waren Sie selbst bei dem geschilderten Vorgang dabei und wer kann es bestätigen?"

Diese einfachen Kulturtechniken sind sehr gut geeignet, den Vereinfachern Widerstand zu leisten. Vielleicht stellt sich dann aber auch heraus, dass komplexe Zusammenhänge hin und wieder auch mit einfachem Verhalten erhellt werden können.

Was heute fehlt.

Der SPÖ: Das Rückgrat für die Idee.

Der ÖVP: Der Glaube an das Recht.

Der FPÖ: Der Anstand für die Wahrheit.

Den Grünen: Der Humor für das Richtige.

Den Neos: Das Herz für die Zahlen.

Den Stronachs: Das Hirn.

Uns allen: Der Trost.

Vielleicht hab ich in einem meiner früheren Leben im Swing-Zeitalter gelebt. Immer, wenn zur Mittagszeit die Signation von „Autofahrer unterwegs" aus dem Radio kam – ein sehr swingender Titel namens „Blende auf" – stand ich als ganz Kleiner in meiner Gehschule und die Tränen rannen mir über rotgeheulte Backen. Nachdem ich aber seit ich tanzen kann, ein begeisterter Swing-Tänzer bin, muss es damals die Nostalgie gewesen sein und nicht die Abscheu vor den Harmonien. Tragisch jedenfalls: 1958 – in meinem Geburtsjahr – war der Rock ‚n' Roll auf bester Betriebstemperatur und ich definitiv zu klein, um die Freuden dieser musikalischen Revolution in Echtzeit zu genießen. Als er dann Anfang der 70er zu einem seiner zahlreichen Revivals ansetzte, war's um mich geschehen. Zuerst Jerry Lee Lewis, dann Little Richard, bis mich endlich Chuck Berry in den absoluten Himmel eingelassen hatte. Der erdig-drängende Rhythmus, den er „Little Queenie" intravenös verpasst hatte, ließ alle anderen Varianten sehr blass aussehen. Dann kamen Eddie Cochran, Roy Orbison, Fats Domino und etliche andere auf die sehnsüchtig wartenden Plattenteller. Und natürlich der aus meiner Sicht meistunterschätzte Großmeister Carl Perkins, der die Welt mit „Blue Suede Shoes" beschenkte, an dem niemand, der Ohren hat, vorbeikann. Elvis hatte ich lange nicht ernst genommen, zu viel Schnulze hatte er Anfang der 70er verbrochen. Erst „Heartbreak Hotel" hat mich erwischt und mit „In the Ghetto" – musikalisch zwar eine Schmalz-Attacke, textlich aber ein ewiger Volltreffer – fand er dann Eingang in meine Herzkranzgefäße. So viele spätere Lichtgestalten wären ohne Rock ‚n' Roll leere Hüllen geblieben. Bezeichnenderweise waren es Ten Years After, die mir Woodstock mit „Goin Home" zur Ikone gemacht haben. Rock ‚n' Roll.

Nicht einmal meine Kinder hatten eine Chance, meiner musikalischen Lebensliebe zu entgehen. Als meine Tochter Hannah auf dem Fest zu ihrem 18. Geburtstag „Roll over Beethoven" spielte, gab es für Gabi und mich kein Halten mehr und wir brachten mit unserem ersten gemeinsamen Tanz in unserer damals noch jungen Liebe den Dancefloor zum Glühen. „Roll over Beethoven". So möchte ich mein nächstes Buch nennen, das mich gestern hinterrücks überfallen hat. Eine objektiv total subjektive Liebeserklärung an den Rock ‚n' Roll.

Mit Geschichten über seine musikalischen Helden, seine unfassbare gesellschaftliche Sprengkraft, seine manchmal aberwitzig dummen Texte (One and one is two, two and two makes four – love me just a little bit more) und die irre Körperlichkeit, die er auslöst (man denke nur an die Szene, in der sich der junge Forrest Gump zur Musik von Elvis aus seinen Gehhilfen rüttelte). Ein Buch also. Die nächsten Toskana-Urlaube sind also wieder verplant. Und – Entwarnung an meine wunderbaren Kunden: Nächste Weihnachten kriegt Ihr endlich wieder was Ordentliches zu lesen, nicht schon wieder selbstgeschriebene Kekse.

Rock ‚n' Roll until I die.

Trump und der Marshmellow. Walter Mischel musste 1938 als 8-jähriger Bub vor den Nazis nach den USA fliehen. Dort wurde aus ihm einer der bedeutendsten Psychologen des 20. Jahrhunderts. In den 60er Jahren entwickelte er den weltberühmten Marshmellow-Test: Ein Kind bekommt einen Marshmellow vorgesetzt und hat die Wahl: sofort aufessen oder warten, um später zwei zu bekommen. In seinem 2014 erschienenen Buch „Der Marshmellow-Effekt" beschreibt Mischel eine bemerkenswerte Szene:

„Die Testleiterin gab ihre Anweisungen an Roberto, einen adrett gekleideten Sechsjährigen mit einer beigen Schuljacke, dunkler Krawatte über einem weißen Hemd und perfekt gekämmtem Haar. Sobald sie den Raum verlassen hatte, warf er einen schnellen Blick zur Tür, um sich davon zu überzeugen, dass sie fest geschlossen war. Dann schaute er schnell auf das Kekstablett (Anm: er hatte sich als Testobjekte Oreo-Kekse gewünscht) leckte sich die Lippen und schnappte sich den Keks. Vorsichtig öffnete er ihn, um die weiße Cremefüllung in der Mitte freizulegen. Dann begann er mit gebeugtem Kopf und geschäftiger Zunge, die Creme fein säuberlich aufzulecken, wobei er hin und wieder für eine Sekunde innehielt, um sein Werk lächelnd zu betrachten. Nachdem er den Keks blitzblank geleckt hatte, setzte er die beiden runden Keksteile geschickt wieder zusammen – was ihm offenbar noch mehr Spaß machte – und legte den seiner Füllung beraubten Keks auf das Tablett zurück. Dann verpasste er in einem Wahnsinnstempo den anderen beiden Keksen die gleiche Behandlung.

Nachdem er ihre Füllung verschlungen hatte, legte Roberto die Keksstücke genau an ihre ursprüngliche Position auf dem Tablett zurück. Dabei sah er sich aufmerksam um, vor allem schielte er in Richtung der Tür, um sich davon zu überzeugen, dass alles in Ordnung war.

Wie ein versierter Schauspieler ließ er dann langsam den Kopf sinken, zog ein schiefes Kinn und legte eine Wange in die rechte Hand, während er den Ellenbogen auf den Schreibtisch aufstützte. Auf seinem Gesicht lag ein Ausdruck äußerster Unschuld, seine weiten, vertrauensseligen Augen fixierten erwartungsvoll und in kindlich unschuldigem Staunen die Tür. Robertos Vorstellung wurde von allen Zuschauern mit den meisten Jubelrufen und dem lautesten Lachen und Beifall quittiert." ...

Arbeiter und Bauern. Anfang der 80er Jahre. Ein lieber Studienkollege wollte in politologischem Eifer erkunden, wie sich das Leben in Ost-Berlin so anfühlt. Er machte sich mit seinem VW Käfer auf den Weg. An der Grenze reihte er sich in eine endlose Autoschlange ein. Langes Warten. Kein Weiterkommen. Schließlich steigt er aus, geht auf den DDR Grenzer zu und fragt, ob der Beamte am Grenzbalken ein bissi schneller machen könnte. Der DDR Uniformierte klärt ihn auf, dass es in der DDR keine Beamten gibt – nur Arbeiter und Bauern. Replik des österreichischen Politologen: Dann möge doch der Bauer da vorne ein bisschen Gas geben. Wurde ein langer Tag für ihn an der Grenze. Und er lernte seinen Käfer bis zur letzten Schraube kennen. Weiß auch nicht, warum mir die Geschichte ausgerechnet am Flughafen Tegel einfällt ...

Die Menschheit hat keine Überlebenschance. Keine. Das Boarding eines Flugzeugs über zwei Gangways ist eine unüberwindliche intellektuelle Hürde. Menschen, die in den vorderen Reihen sitzen, steigen hinten ein. Und umgekehrt. In der Mitte ergibt sich ein gordischer Knoten.
„I moch mi schlank" – sagt dann ein dicker Mensch, um einem schlanken den Weg freizumachen. Und drückt einem unschuldig Sitzenden sein Hinterteil ins Gesicht.
Währenddessen dringt die sonore Stimme des Kapitäns durch die Lautsprecher: „Machen Sie es sich bequem, lassen Sie den Tag von sich abfallen, genießen Sie den

Service unseres charmanten Teams." Eh. Die Menschheit gibt's auf kan Foi mehr lang.

Vertrauen und Verantwortung. Meine Positionierung als Coach ist „Der Humanizer".

Diesen „Titel" hat mir ein befreundeter Coach verliehen, als ich selbst noch Führungskraft in der Werbung war. Die Bezeichnung kam damals aus der Einschätzung des Kollegen, ich würde das persönliche Wohlbefinden hinter das meiner Mitarbeiter stellen. („Hauptsache, meinen Leuten geht's gut, dann geht's auch mir gut.")

Heute bezeichne ich einen solchen Führungstypus als „karitativ" und versuche, meine Klienten von einer vorsichtigen und situations-adäquat dosierten Anwendung zu überzeugen. So wie man im Flugzeug lernt, zuerst die eigene Sauerstoff-Maske aufzusetzen, bevor man anderen hilft.

Schon während meiner Ausbildung zum Wirtschafts-Coach habe ich mich unendlich gefreut, mich für die systemische Richtung entschieden zu haben, weil diese Denkschule so wohltuend die Selbstbestimmung und die Lösungsarbeit aus eigenen Ressourcen fördert. Auch aus dieser Perspektive ist der „Humanizer" eine sehr passende Kategorie, denn meine gesamte innere Orientierung war immer schon den Werten der Aufklärung und der Toleranz verpflichtet.

In den letzten 10 Jahren ist mir eine sehr große Zahl sehr

unterschiedlicher Persönlichkeiten begegnet und diese manchmal atemberaubende Bandbreite hat meine Sicht auf den Menschen beeinflusst.

Nach wie vor glaube ich inbrünstig, dass jeder Mensch mit einer „Grundausstattung" von (mehrheitlich guten) Anlagen die Welt betritt.

Und dann durch eine Vielzahl von äußeren Einflüssen zu dem wird, was er ist.

Ein sehr kluger Mensch meinte einmal: Nicht die Breite oder die Länge beeinflusst die Fläche eines Rechtecks, sondern beides. Genauso bin ich davon überzeugt, dass Anlage und Umwelt gleichermaßen die Persönlichkeit eines Menschen prägen. Und dass niemand aufhören sollte, an sich zu arbeiten, weil nichts für immer fix ist oder sein muss.

Zugleich musste ich mich aber zu der Erkenntnis durchringen, dass es Menschen gibt, die diese Arbeit an sich selbst einfach nicht verrichten wollen. Die lieber im zeitweilig für sich und die Umwelt belastenden Modus bleiben. Die nicht Verantwortung übernehmen wollen. Und im positiven Fall ambitioniert anderen zuarbeiten. Oder – auch das gibt es – lieber anderen den Rucksack umhängen und zuschauen, wie diese mangels Unterstützung scheitern. Mein Sample ist tatsächlich groß genug, um mich zu dieser realistischen Diagnose zu bringen.

Wenn nun Management-Methoden propagiert werden, die davon ausgehen, dass alle Mitglieder eines Teams in selbstverständlicher Verantwortung tun, was dem gemeinsamen

Ziel nützt, beschleicht mich substanzielle Sorge. Ich zweifle einfach daran, dass es diesen dem Guten, Sinnvollen und Nützlichen verschriebenen Menschen immer und überall gibt.

Und ich beobachte, dass es manchmal am operativen Fokus des Managements liegt, bereits existierende durchaus funktionstüchtige Methoden des Führens nicht anzuwenden.

Die kontinuierliche Suche nach alternativen, agilen, hierarchiefreien (Adjektiv-Liste beliebig verlängerbar) Mechanismen erscheint mir wie eine Regierung, die immer wieder neue Gesetze erlässt, weil sie die bestehenden nicht anwendet.

Wenn „Verantwortung" ein zentraler Wert sein soll, dann plädiere ich ehrlich dafür, zu akzeptieren, dass es Menschen gibt, die diese Verantwortung für sich und andere eben nicht übernehmen wollen oder können. Das ist absolut keine Wertung, sondern „stating the obvious". Und es ist mir ein bisschen unheimlich, wenn sich ein Unternehmen auf Methoden und Prozesse verlassen möchte, die substanziell auf dem durchgehenden Vorhandensein von selbstbestimmt-zuverlässigen Team-Spielern aufgebaut sind.

Mein Freund G. Zufällig auf der Straße getroffen. Er hat mir sehr glaubwürdig erklärt, unsterblich zu sein. (Bei mir wissen wir das noch nicht). Und: Er wird sich auf jeden Fall an mich erinnern. Ich freu mich so. Über beides.

Meine wunderbare Frau wird heute Omi. Von einem ganz sicher ganz entzückenden Mädchen. Somit bin ich verheiratet mit „the most sexy Grandma in the world" und zum Opi honoris causa promoviert. Ich fang schon einmal an, mich auf die neue Freizeitgestaltung einzustimmen ...

Meine Frau, die ich über alles liebe und die doch jetzt Omi ist, himmelt seit 10 Minuten ein Foto an, auf dem man hauptsächlich den Schwiegersohn sieht und ein kleines süßes Häufchen, das von einer zu großen Haube verdeckt wird. Man kann eine Nase, ein kleines Ohrli und einen süßen Mund erahnen. Es ist – objektiv! :-) – das schönste Baby der Welt. What a difference a day makes :-)

Plus/Minus.
SPÖ = FPÖ plus Bildung
ÖVP = FPÖ plus Kruzifix
FPÖ = FPÖ minus Haider plus Eurofighter
Grüne = SPÖ minus ÖVP minus FPÖ minus Gluten minus Eurofighter plus Mülltrennung
NEOS = ÖVP minus Kruzifix plus STRABAG

Für die Älteren unter uns: Da hats doch amal einen Herrn Westenthaler (vulgo: Hojac) gebm, der hat so vor über 10 Jahren ganz grausliche Sachen über die Ausländer gsagt und wie man die abschieben soll. Und alle ham sich ganz fürchterlich drüber aufgregt und ham Kerzerln anzündet und sogar der ÖVP wars ein bissi peinlich. Eh nicht öffentlich, aber so unter der Hand. Und jetzt hamma den Herrn Sobotka, der doch so gut Musizieren tut, aber leider so gar kein Taktgefühl hat. Und der Herr Sobotka sagt doch jetzt glatt ganz genau die selben schiachen Sachen wie damals der Hojac und irgendwie is es nimmer ganz so schlimm. Schon seltsam irgendwie ...

Seit 12 Tagen gibt´s jetzt die Theresa-Baby-Prinzessin. Und ich bin Opi honoris causa. Und die kleine Wanze hat sich in meine Herzkranzgefäße gewuselt. Und ich fühl mich total jung, wenn ich sie in den Schlaf wiege. In genau der Lage, die meine Kinder schon so mochten: Bäuchlings auf meinem Unterarm und ein bissi wippen beim Gehen. Und heut hab ich ihr ein kleines Liedchen gesummt: Amapola. Und vom Resonanz-Kasten meiner Mitte – endlich ist die Wampe für was gut – haben sich die Vibes auf sie übertragen. Und ich war auf einer Zeitreise vor 30 Jahren und hab meine Babies gesehen. Ich liebe sie. Alle.

Und irgendwann wird sich Theresa wundern, mit was für einem komischen Ohrwurm sie aufwacht ...

Perspektiven-Wechsel. Eine Grundausstattung in meinem geliebten Beruf und unentbehrliche Essenz zwischenmenschlicher Kommunikation.

Grade erlebe ich an mir selbst ein Beben, das mich bis in die hintersten Winkel durchrüttelt. Zum ersten Mal im Leben – oder zumindest seit einer nicht mehr messbaren Ewigkeit – empfinde ich die intellektuelle Brillanz von Menschen, die ich bewundere und persönlich gern habe, als schneidende Arroganz.

Im Zusammenhang mit dem in dieser Woche grassierenden „Kopftuchthema" werden jetzt häufig Ratschläge erteilt, man möge doch sinnerfassend lesen/hören und die diskutierten Aussagen doch bitte nicht aus dem Zusammenhang reißen.

Manchmal werden Wünsche nach noch weiterer Zuspitzung der Diskussion platziert, um auf diesem Weg doch gleich viel besser die (intellektuelle) Spreu vom Weizen zu trennen. Und – für mich besonders irritierend: Man darf auch eine sehr resolute Interpretation der präsidentiellen Wortspende in Richtung „Freiheit" entgegennehmen. Da wird der Diskurs für mich besonders schwierig.

Seit ich denken kann, liegt mir die Freiheit der Gedanken und ihrer Äußerung elementar am Herzen. Inklusive aller kalenderblatt-strapazierten Interpretationen von Toleranz.

Und als enthusiastischer Sammler von Kopfbedeckungen aller Art ist es mir quasi auf die Glatze tätowiert, dass jeder Mensch aufsetzen soll und darf, was er will. Solange kopftuchtragende Frauen beschimpft und angegriffen werden, weil sie Kopftücher tragen, werde ich mich bemühen, sie vor diesen Attacken zu schützen. Solange es Frauen gibt, die darunter leiden, dass sie Kopftücher tragen müssen, werde ich das Kopftuch auch als Symbol der Unterdrückung interpretieren. Je länger wir uns die inhärente Intoleranz schönreden, umso mehr streicheln wir die reale Toleranz zu Tode.

Heute vor zwei Jahren starb mein innigst geliebter Schwiegervater Dr. Erich Liedl. Beim heutigen Grabbesuch dachte ich dankbar an seine Geschenke. Die mir bis dahin in dieser Form unbekannte Väterlichkeit. Den emotionalen Rückhalt. Den intellektuellen Spiegel. Seine unnachahmliche Überwindung der Herz-/Hirn-Schranke. Seine unermüdliche Suche nach dem übergeordneten Sinn. Und vor allem sah und spürte ich seine unerschrockene Würde im Schmerz und im Sterben. Aus seinen kleinen und großen irdischen Hinterlassenschaften durfte ich sein Lieblingsbuch, eine Schatulle und einen Wandspruch behalten: Ich bin bei Euch alle Tage. Danke, Du Aufrechter!

Omi allein zuhaus. Als sie im jugendlichen Alter von 65 den Führerschein machte, gab es den Ö3 Verkehrsdienst noch nicht. Wenn ja, wäre sie wohl Stammgast auf der Strecke zwischen Steyr und Linz gewesen. Gerne fuhr sie die ca. 45 km Strecke mit angezogener Handbremse und war doch recht irritiert über den Geruch verbrannten Gummis beim Aussteigen am Parkplatz in der Linzer Ferihumerstraße.

Ein boshafter Wahlneffe hatte ihr den damals größten FIAT eingeredet, den sie dann mit viel Elan mehrfach zu Schrott zerlegte. Zum Glück hatte der liebe Reinhold auch auf die Extras geachtet, sodass Omi doch immer wieder auch über das Schiebedach den restlos zerbeulten Haufen Blech verlassen konnte.

Ungefähr zu dieser Zeit war ich schon zum Studium nach Wien geflüchtet. Bei meinen spärlichen Heimat-Besuchen freute ich mich immer schon auf das samstägliche Ritual beim Frühstück. Den von Mutti bereitgestellten Brioche und die Oberösterreichischen Nachrichten. (Die hatte mein Vater in der Waldheim-Zeit abbestellt, weil sie den Präsidentschafts-Kandidaten einen „Haderlumpen" genannt hatten. Den Umstieg auf die Kronen-Zeitung hielt er wegen intellektueller Erbärmlichkeit allerdings nur wenige Monate durch und kehrte reumütig zu den OÖN zurück.)

In den OÖN gab es gegen Ende der 70er-Jahre an den Samstagen eine große Zahl von Partnerschafts-Inseraten, deren Lektüre mir immer ein unglaubliches Vergnügen bereitete.

Die gestelzte Sprache, die rührende Unbeholfenheit – alles, was das samstägliche Herz eines ausgewanderten Studenten erfreute. Eines Samstags blieb ich hängen.

„Witwe, 55, allem Schönen aufgeschlossen, sucht kulti-

vierten Partner ab 45 für gemeinsame Freizeit." Omi? Das
waren doch ihre typischen Formulierungen.

„Allem Schönen aufgeschlossen ..." – das kannte ich doch
von irgendwoher. Das Alter stimmte zwar nicht, aber das
hatte Omi noch nie so recht gekümmert und an die „Gesellschaft" jüngerer Herren war sie in großer Sportlichkeit
gewöhnt. Und die Witwe? Omi war seit 1938 von meinem
Großvater geschieden, der hatte wieder geheiratet, fünf
Kinder mit seiner zweiten Frau gezeugt und war 1977
gestorben.

Eine sehr weitherzige Interpretation des Witwen-Status.
Aber Omi war immer schon recht weitherzig gewesen. Ich
beschloss, auf der Rückreise nach Wien einen Abstecher zu
Omi einzuplanen.

Die mindeste Ausbeute eines Besuchs waren zwei Stunden
Schmähführen und ein paar Flaschen Rosé zum
Mitnehmen. Mitten im Gespräch überfiel ich sie mit der
Frage:

„Na, Omi, haben schon ein paar Herren geantwortet?"
„Was meinst Du?"

„Na, auf das Inserat in den OÖN!" „Was für Inserat?" „Geh,
Omi, ich kenn Dich doch: alles Schöne und so ..."

Omi stand wortlos auf, ging zu einer Kommode in ihrer
Bauernstube und zog einen dicken A4-Umschlag heraus.
Sie leerte einen Stapel Briefe auf den Tisch und los ging´s.
Da war ein Ehrensenator der Salzburger Uni, der mit ihr
auf seiner Yacht im Mittelmeer schippern wollte. Diverse
rüstige Pensionisten.

Und auch einige recht resche Herren unterhalb des Pensions-Alters, die wohl auf Omis Alters-Fake hereingefallen waren. Wir sortierten gemeinsam. Mein Favorit war der Salzburger Ehren-Schipper. Leider nein. Omi wollte für des Meeres und der Liebe Wellen noch nicht ihre Firma aufgeben.

Schließlich blieben an die fünf Kandidaten übrig. Wir besprachen die Kennenlern-Modalitäten. Sie wollte die Herren zu sich nach Hause einladen. Am Wochenende!

Da hatte ihre Haushälterin aber frei. „Omi, das geht nicht, Du kannst nicht wildfremde Herren zu Dir ins Haus bitten, wenn Du ganz allein bist. Der zieht Dir mit einer Deiner Vasen eine drüber und niemand hilft Dir!" Wurde abgeschmettert. Nun denn, ich zog erheitert und besorgt zugleich von dannen (im Körbchen 5 Flaschen vom Rosé).

Drei Wochen später: Zwischenbilanz. Omi lebte noch, war allerdings recht enttäuscht. Nix Gscheites dabei gewesen. Einer immerhin hatte ihr gefallen. Sie hatte ihn mit einem Grillhuhn verköstigt (das einzige, das Omi in der Küche alleine zustande brachte) und mangels Beilage wurde der Grill-Geier von einer trockenen Semmel begleitet. Nach dem Essen erdreistete sich der Kandidat eine Avance in Richtung Küssen, was Omi entrüstet ablehnen musste, hatte sich im Mundwinkel des Fürwitzigen doch noch ein Semmel-Krümel befunden.

Für ähnliche Fälle in der Zukunft beriet ich Omi, den Krümel zärtlich wegzuwischen, bevor das Techtelmechtel seinen Lauf nehmen konnte. Das wollte sie sich dankbar merken. Leider wurde aus all den Kandidaten nix. Ich hätte es Omi so sehr gegönnt. Immerhin: Fast 40 Jahre später sollte ihr Enkel die Liebe seines Lebens auf Parship finden. Ganz ohne Alters-Schwindel.

Als er sich selbstständig machte, dachte er an seinen Vater. Der hätte sich sicher gefreut. Sehr sogar. Der Vater hatte nicht einmal mehr mitbekommen, als er sich vor Jahren Anteile an „seinem" Unternehmen gekauft hatte. Der Alkohol hatte ihm das Licht abgedreht. Auf den ersten Metern auf wirklich eigenen Beinen spürte er seinen Vater ab und zu dasitzen. Still in einer Ecke, die Beine übereinandergeschlagen mit seinem Lächeln, das der immer aufsetzte, wenn es ihm die Rede verschlagen hat.

Wenn die schwere Umhängetasche an seiner rechten Schulter zog, spürte er die Hand des Vaters. Damals, als er knapp nach der Matura einen Unfall hatte, weil ihm eine alte Frau ins Moped gelaufen und während des Transports ins Krankenhaus gestorben war.

Bei der unvermeidlichen Gerichtsverhandlung war er freigesprochen worden. Und die ganze Zeit war sein Vater hinter ihm gesessen und hatte die rechte Hand auf seiner Schulter liegen gehabt.

Derselbe Vater, der ihn mit 35 zum Arzt schicken wollte, um einen Vaterschaftstest machen zu lassen, weil er seit 35 Jahren glaubte, der „Sohn" wäre ihm untergeschoben worden.

Als der Vater dann mit 71 Jahren starb, fiel dem alten kaputten Mann der Großglockner vom Herzen, als der Sohn ihm Blut spenden wollte, weil sie doch die gleiche Blutgruppe hatten. Loyalität.

Die Mutter, die bei ihm am Krankenbett geblieben war, als er aus der Narkose aufwachte. Nach einer schweren Nierenoperation. Und er sich die Seele aus dem Leib kotzte und so blass war, dass man ihn vom Leintuch nicht unterscheiden konnte. Alle anderen hatten es im Krankenzimmer nicht ausgehalten. Nicht der Bruder. Nicht der Vater, dem doch immer gleich schlecht wurde, wenn er nur an einem Spital vorbeifuhr. Nur sie war da und hielt ihm die Schüssel unter das Kinn und trocknete seine Stirn, die nass war mit kaltem Schweiß. Die Mutter. Sie hatte ihm nicht geholfen, als der Vater betrunken war und ihn als 12-Jährigen in stundenlange sinnlose Diskussionen verstrickt hatte. Als die Großmutter auf ihn losging und ihm wegen Kleinigkeiten die Leviten las. Die Mutter, die ihn in Gefangenschaft fremder Sorgen hielt, die er nicht verstand und die doch wirklich nicht seine waren. Loyalität.

Der Partner, mit dem er 11 Jahre durch dick und dünn gegangen war. Nüchtern und betrunken. Klug und dumm. Kreativ und pragmatisch. Und dann hatte derselbe Partner vor dem Kunden private Geheimnisse ausgeplaudert, die er von ihm als einziger wusste. Und derselbe Partner hätte ihn beinahe um sein Geld gebracht, wenn nicht die Dritte im Bunde sich unbekümmert zur Wahrheit bekannt hätte. Loyalität.

Die Frau. Die ihm schon im ersten Augen-Blick so tief in seine Seele geschaut hatte.

Deren Berührungen ihn erzittern ließen bis in die hintersten Zellen und Verästelungen.

Auf ihre Schulter konnte er seinen Kopf legen. Ohne das Gefühl zu haben, das würde ihn irgendwann etwas kosten, das er sich nicht leisten konnte.

Und wenn sie ihren Kopf auf seine Schulter legte, spürte er, wie es ist, zu zweit eins zu sein. Wenn er sich mit einem Kunden abplagte und die virtuellen Rauchschwaden unter dem Türschlitz seines Arbeitszimmers hervorquollen. Und wenn er dann herauswankte, müde und leer, dann sagte sie zu ihm: „Liebster, Du musst das nicht machen." Und alles war gut. Loyalität. Liebe. Daheim.

Das L. In orange. Es bewegt sich nach unten. Zwei mal Tippen. Es dreht sich, sodass es kopfüber steht, das kurze Ende schaut nach links. Zwei Schritte nach links, es senkt sich exakt in eine Lücke zwischen dem gelben Quadrat und diesem seltsamen Monstrum aus drei mal quer und einmal hoch in der Mitte. Jetzt kommt schon wieder das grüne Stufen-Ding, das schon seit fünf Minuten nervt, weil es nie gscheit wo reinpasst. Stress. Scheiß drauf. Hochkant draufgesattelt, sinnlose Lücke riskiert, wird schon noch zugehen. Strategische Prinzip-Fragen: Die Grundlinie sauber halten oder auftürmen – 4 Reihen, 5 Reihen, bis endlich ... Jetzt: Das blaue L. Wohin. Wurscht, erstmal aufs gelbe Quadrat, dann sehen wir weiter. Das Muster sieht mittlerweile aus wie die Skyline von Manhattan. Zwei gewaltige Türme, schon recht bedenklich hoch. Wenn jetzt was nicht reinpasst, wird's eng. Unten vier Reihen so gut wie voll. Ganz rechts eine Lücke. Vier Felder hoch. Da kommt es. Millimetergenau an den Wolkenkratzern vorbei, noch einmal drehen, passt! Das lange blaue Stück! Versenkt. 1000 Punkte. Fliegen ohne Tetris ist wie Auto ohne Lenkrad. Ralf Heuel gewidmet.

Frühstück im Hotel. Am Nebentisch führt ein Herr ein Selbstgespräch. Scheint sich um ein kontroverses Thema zu handeln. Er unterbricht mehrmals das Bestreichen seines Croissants, um auf seine eigenen Gegen-Argumente einzugehen. Zwischendurch schweigen sich seine inneren Anteile an. Schließlich ein Blitz in den Augen. Er klopft mit der Hand auf den Tisch, steht resolut auf und holt sich Lachs vom Buffet. Der Tag kann beginnen.

Die österreichische Grund-Ausstattung: Opfer sein is so vü schee.
Gerade heute durften wir wieder Zeugen werden, wie ein in der Substanz guter Politiker wieder einmal das „Opfer" von Provinzialismus und Niedertracht wurde und das Handtuch geschmissen hat.
Und doch: Der selbe Mitterlehner, dem jetzt hektoliter-

weise die Krokodilstränen nachgeweint werden, wurde in seiner gesamten Amtszeit als Minister und Vizekanzler seinem Couleurnamen „Django" niemals gerecht.

Hätte er diesem Namen alle Ehre machen wollen, hätte er sich niemals einen krähwinklerischen Wadelbeißer aus St. Pölten verordnen lassen. Und wenn schon das sein musste: Er hätte diesen Kläffer längst aus Amt und Würden jagen müssen – mit einem nassen Fetzen, dass es nur so klatscht. Er hätte sich auch von den Roten weniger gefallen lassen, die ihn mit einer gewerkschaftlichen Betonschicht überzogen haben, dass einem dagegen der Vatikan unter Benedikt XVI noch als Brutstätte der Revolution vorkommen müsste. Was Mitterlehner so sehr fehlt(e), ist der Grundschaden österreichischer Politik: Total lack of leadership. Und Django ohne Knarre ist eben nicht Django, sondern Kasperl, der gegen das Krokodil eben nicht gewinnt. Und – das wird in Zeiten der aktuellen Flüchtlings-Hatz gerne vergessen: Mitterlehner hatte die Stirn, die unfassbar großen Leistungen der Zivilgesellschaft im „Flüchtlings-Sommer" als Leistungen der Regierung zu kassieren. Einer Regierung, die monatelang im Koma lag und deren Vizekanzler er war. Als Oberösterreicher und demgemäß mein Landsmann hat er mein Bedauern und meinen menschlichen Respekt verdient. Als Politiker war er bei weitem nicht der strahlende Held, zu dem er bei seinem politischen Begräbnis glorifiziert wird. Aber immerhin: In Österreich wirst Du erst dann ein Held, wenn Du zuerst ein ordentliches Opfer bist.

Descartes forever. Ich habe noch nach der sogenannten „alten" Studienordnung studiert.

Als meine Dissertation approbiert war, mussten noch fünf Hürden in Form sogenannter Rigorosen (strenger Prüfungen) genommen werden, damit der Promotion zum Dr. phil nichts mehr im Wege stand. Zwei Rigorosen im Hauptfach, eines im Nebenfach und zwei in Philosophie. Zur Vorbereitung auf eines der beiden Philosophie-Rigorosen hatte ich mit dem Professor als Stoff das schlanke Themengebiet „Aristoteles bis Hegel" vereinbart. Das Lernen (nach einem minutiös ausgeklügelten Lernplan) ging erstaunlich gut voran. Eine Hauptmotivation bestand in der Vorstellung eines ausschweifenden Promotions-Fests und entsprechender Huldigungen weiblicher Kollegen.

Nur eines machte mir große Sorgen: Monsieur Descartes, dessen sehr spezielle Gedanken (cogito ergo sum) nicht in meinen Ganglien wohnen wollten. Einfach gar nicht. Schließlich rückte der Termin der Prüfung heran und die Nacht davor brach herein.

In meiner Verzweiflung beschloss ich, einfach der guten Ordnung halber ein letztes Mal das Skript zu lesen, mich dann schlafen zu legen und meinem Schicksal zu ergeben. Die Prüfung war am nächsten Tag um 13.00. Ich wachte morgens auf und René Descartes stand neben meinem Bett, lächelte mich an und ich begrüßte ihn mit den Worten: Monsieur, ich habe Sie verstanden! Überglücklich memorierte ich den neu-entdeckten Schatz beim Frühstück, unter der Dusche, beim Anziehen, Geschirr-Abwasch, sogar beim Mittagessen in meinem Stammlokal, das ich aufgesucht hatte, um mich mit der niederen Verrichtung des Kochens nicht von meinem wunderbaren Freund René trennen zu müssen. Im virtuellen Dialog mit ihm wanderte ich die Berggasse hinauf, bog in die Währingerstraße ein, betrat das Institut, erreichte das Zimmer des Professors um Punkt 13.00, wurde eingelassen und mit der Frage begrüßt: „Na, Herr Kollege, was hamma ausgmacht?" „Von Aristoteles bis Hegel, Herr Professor!" „Na, dann erzählns ma was übern Descartes!" Ein virtueller Tonarm senkte sich auf eine Schallplatte und mit exakt 33 1/3 Umdrehungen begann eine Stimme, die mir vertraut erschien, über Descartes zu reden. Nach einer nicht mehr rekonstruierbaren Ewigkeit war die Schallplatte abgespielt und in die Stille hinein meldete sich der Professor: „Ausgezeichnet, Herr Kollege, ich wünsche Ihnen alles Gute!" Und heute habe ich keine Ahnung mehr über den Herren Descartes. Aber meine wunderbare Tochter Lisa schreibt mir grade, dass sie einen gewissen Descartes in ihrer Master-Thesis verarbeiten muss. René, mein alter Freund, jetzt musst noch amal ran, Du liegst uns in der DNA!

Kleines Glück.
Zwischen zwei Terminen
10 Minuten in der Sonne sitzen.
Großes Glück, eigentlich.

Männer können ganz schön stinken. Und Frauen
können auch stinken. Aber wenn Männer stinken,
stinkens schlimmer. Es wird wieder wärmer ...

Der Unterschied zwischen
„wichtig" und „dringend" ist derselbe
wie zwischen „produktiv" und „beschäftigt".

Konflikt-Management. Wir werden es brauchen.

Ein paar Tipps aus der Coaching-Praxis. Der wichtigste: Tun wir bitte nichts, für das wir uns vor unseren Kindern und Enkeln schämen müssen. Konflikte sind normal.

Sie sind das alltägliche Nebeneinander von verschiedenen Absichten, die gleichzeitig verwirklicht werden wollen.

Wenn Konflikte normal sind, sollten wir ganz normal mit ihnen umgehen.

Konflikte sind nicht zum Gewinnen oder Verlieren da. Das Ziel eines Konflikts ist die Handlungsfähigkeit aller Beteiligten. Keine Liebe, kein gemeinsamer Urlaub. Nur die Basis für Respekt und gegenseitige Achtung. Konflikte werden behandelt, statt gewonnen oder verloren. Konflikte, die behandelt werden, brauchen Handlungen.

Je früher, desto besser. Dann habe ICH den Konflikt. Je später ich den Konflikt als solchen akzeptiere, umso grösser wird er. Dann hat der Konflikt MICH.

Die wichtigste Voraussetzung für Handlungsfähigkeit ist Beweglichkeit.

Um beweglich sein zu können, brauche ich ein Ziel, das ich erreichen – nicht vermeiden (!) – will. Zur Beweglichkeit gehört auch die geistige Flexibilität, in Alternativen zu denken.

Nichts ist, wie es scheint. Der andere Mensch könnte recht haben.

Lösungen und Argumente, die nicht funktionieren, gnadenlos wegwerfen.

Die Wiederholung des ‚Falschen' macht es nicht richtiger.

Anders handeln als bisher ist das Muster des Erfolgs und der Veränderung.

More of the same produziert more of the same. Anders kommunizieren, als bisher: Ich-Botschaften. Nicht dem anderen vorwerfen, was er tut, sondern beschreiben, wie die Handlungen auf mich wirken. Anders handeln, als bisher.

Auf meinem vertrauten Feld bleiben, nicht am Territorium des Anderen wildern, dort diktiert er mir SEINE Regeln. Heißt: mein eigenes Ziel im Auge behalten und immer wieder checken, welches Ziel mein Gegenüber hat. Anders fragen, als bisher.

Nicht: Warum kannst Du das nicht? Sondern: Was brauchst Du, damit es Dir gelingt?

Anders zuhören, als bisher.

Die Bedeutung der Nachricht entsteht beim Empfänger, nicht beim Sender.

Deshalb: Echo geben (was kam bei mir an) und Fragen: Wie hast Du das gemeint?

Den echten Kompromiss anpeilen.

Etwas opfern, um viel gewinnen zu können. Zugeständnisse innerhalb des gleichen Themas abtauschen, nicht quer über wesensfremde Themen.

Einige (leider) nie gehörte Durchsagen der Wiener Verkehrsbetriebe.

Liebe Fahrgäste, für den Fall, dass Sie den Kulturschock des Umstiegs von der Pferdekutsche auf die Dampflokomotive schon verkraftet haben, versuchen Sie doch bitte einmal folgendes: Betreten Sie die Waggons nicht nur zügig (was für ein Wortspiel, haha), sondern setzen Sie auch einige weitere beherzte Schritte in das Innere. Es ist ehrlich gesagt für alle anderen Fahrgäste ein bissi nervig, wenn Sie sich erstens nicht so recht zum Einsteigen entscheiden können und dann auch noch genau im Eingang stehen bleiben, um sich dort in aller Ruhe nach einem Sitzplatz umzusehen. In den letzten Jahrzehnten hat sich auch ein Vorgang bewährt, der recht einfach abgewickelt werden kann, aber leider schon ein wenig in Vergessenheit geraten ist (die Älteren unter uns erinnern sich vielleicht): Es geht um die richtige Reihenfolge. Zuerst aussteigen lassen, dann einsteigen. Klingt vielleicht kompliziert, funktioniert aber reibungslos, wenn man sich einmal daran gewöhnt hat. Dann waraten wir auch schon beim nächsten Punkt: Dem Aussteigen. Wir hätten da einen Vorschlag. Wenn es sich irgendwie einrichten ließe, versuchen Sie doch bitte einmal ausnahmsweise während der Fahrt ab und zu auch ans Aussteigen zu denken, während Sie in Ihre Smartphones stieren. Wir wissen, dass Haltestellen manchmal recht überraschend in das Leben unserer Fahrgäste kippen, aber wenn Sie sich wenigstens 1 Station vor dem geplanten Ausstieg körperlich und geistig auf diese Herausforderung einstellen könnten, wäre das ein herausragender Beitrag für das friedliche Zusammenleben von durchaus ein paar Tausend Menschen pro Tag.

Weil sonst der komplizierte Mechanismus des „erst Aussteigen, dann Einsteigen" in der Substanz irritiert ist. Na ja, das wären einmal ein paar Gedanken aus unserem Grundkurs. Für die Fortgeschrittenen halten wir dann so spannende Themen wie „Pizza in der U-Bahn – eine Prinzipfrage" oder auch „Telefonieren – wie interessiere ich einen vollen Waggon für mein Privatleben" bzw. auch den gern gebuchten Abendkurs zu „Körperpflege vor und nach der U-Bahn" bereit. Wie gsagt: Warat super.

Lift-Fahren – oder Esoterik für Anfänger. Lieber Mitmensch, bevor Du Dich voll der Zuversicht in eine Lift-Kabine begibst, bedenke die folgenden jahrtausendealten Weisheiten. Was hinaufwill, muss auch wieder runter. Drücke deshalb mit Bedacht die richtigen Knöpfe. Vor allem: Wenn Du hinaufwillst, drücke den Knopf mit dem Pfeil nach oben und sei Deinen Mitmenschen nicht gram, wenn zuerst – immer! – ein Lift mit der Fahrtrichtung nach unten ankommt. Nun hast Du ein kleines Fenster der Selbstbestimmung: willigst Du in die Reise mit den anderen in der falschen Richtung ein oder beharrst Du auf Deiner ursprünglichen Absicht. Dann – ja dann – fasse Dich in Geduld. Eine kleine Meditation in den Alltag eingebaut tut Leib und Seele gut. Bitte sei auch nicht traurig, wenn dann endlich eine Liftkabine stehenbleibt, die zwar voll guter Absicht in Deine Richtung strebt, aber so voll ist, dass Du vielleicht doch lieber zuerst in die andere Richtung gefahren wärest, Hauptsache unterwegs – denn diese Kabine wird wohl ohne Dich ihren Weg fortsetzen. Wir lernen an diesem Beispiel: Wie im Kleinen – so im Großen. Bald wirst Du die Gelegenheit bekommen, Deine Emotionen zu zügeln, wenn Dein Kollege im Büro – diese unfassbare Flasche! – am Weg nach oben an Dir vorbeizieht, obwohl er später eingestiegen ist und nicht einmal den richtigen Knopf gedrückt hat. Lieber Fahrgast, wenn Du nun schon diese Erkenntnis in Dein bescheidenes Leben integrieren konntest, so lerne bitte unverdrossen weiter. Bitte verstehe, dass die Knöpfe mit „Tür auf" und „Tür zu" in Wirklichkeit nur zur Zierde angebracht sind. Dahinter verbirgt sich in Wahrheit: Nichts. Drücke deshalb getrost auf den „Tür zu" Knopf, wenn Du weiterfahren möchtest – es wird Dir nichts nützen. Die Tür wird offen bleiben und wenn sie sich dann endlich schließt, dann siehst Du wie durch ein Wunder eine fremde Hand oder ein fremdes Bein sich dazwischenklemmen und schon öffnet sich die Lift-Tür auch wieder bereitwillig, um den neuen Fahrgast einzulassen.

Das Universum in seiner Unergründlichkeit führt Dir einen neuen Menschen zu – vielleicht bist Du ihm in einem Deiner früheren Leben schon einmal begegnet und er ist Dir auch damals schon mindestens so am Arsch vorbeigegangen wie heute. Nütze die Chance der Wiederholung zur Herstellung Deines Friedens mit dem Ungustl. Apropos nützen: Genieße die zahlreichen Stops, wenn irgendwelche Gfraster in den einzelnen Stockwerken die Lift-Tasten gedrückt haben, dann aber die Geduld verloren haben und doch zu Fuß gegangen sind. Der Lift bleibt trotzdem stehen und Du darfst Dir die unterschiedlichen Dekorationen in den einzelnen Stockwerken anschauen.

Lieber Mitmensch, wir sehen uns wieder, im nächsten Leben. Ich werde dann der sein, der noch schnell zusteigen möchte und freue mich auf Dein Lächeln bei unserem Wiedersehen.

1963. Kindergarten bei der Friedenskirche in Linz-Urfahr.

Die geistlichen Schwestern bemühen sich, die mangelnde pädagogische Ausbildung durch Güte und Herzenswärme zu kompensieren. Kein schlechter Deal.

Trotzdem gehe ich da nicht gerne hin. Maria nervt mich. Jeden Tag. Ich freue mich auf die Volksschule, denn da wird Maria sicher wo anders sein.

Die Schwestern mögen mich. Als Kind recht gut situierter Eltern habe ich zuhause eine Menge Märchen-Schallplatten und kann die Geschichten auswendig aufsagen.

Ich kriege einen kleinen Stuhl, die anderen Kinder sitzen darum herum, ich sage meine Geschichten auf und die Schwestern lächeln selig.

Mein Repertoire ist aber durchaus größer.

Ich singe „Rote Lippen soll man küssen" von Cliff Richard und „Die Liebe ist ein seltsames Spiel" von Connie Francis und das Lächeln der Schwestern friert ein bissi ein.

1964. Volksschule bei der alten Pfarrkirche in Linz-Urfahr. Schon mein Ur-Großvater war dort Schüler und es sieht so aus, als hätte sich seither nichts geändert.

Alte schwarze eiserne Kohlenöfen, altes knarrendes Parkett, kein Turnsaal. Ich sitze drin und freue mich. Da dreht sich ein gelockter Kopf um und grinst mich an. Maria. Scheiß Karma.

Die Lehrerin ist Mitte 40, lebt von ihrem Mann getrennt (Scheidung damals für eine Lehrerin ein No Go), hat einen Sohn, den sie vergöttert.

Sie ist eine pädagogische Vollkatastrophe, aber didaktisch hat sie was drauf. Wie sie uns die Grammatik einbläut – davon sollten wir noch lange profitieren. Sie betreibt Klassen-Kampf in allen Richtungen. Kinder aus „proletarischen" Familien haben keine Chance.

Willi – den Sohn eines Rauchfangkehrers – schikaniert sie bis aufs Blut. In der vierten Klasse bestellt sie den Schuldirektor zu uns in die Klasse. Der ist ein unverbesserlicher Nazi, trägt seinen Hitlerbart mit Stolz und schaut glühenden Auges in die Klasse. Die Lehrerin bellt „Gymnasiasten auf!" und 13 Kinder erheben sich.

Das sind die, die sie zur Aufnahmeprüfung ins Gymnasium zugelassen hat. Der brüllende Unfug der Aufnahmeprüfungen wird dann durch die Kreisky-Regierung abgeschafft.

1976. Matura-Zeugnis. Bei der festlichen Zeremonie singt der Schulchor, der von einem Operetten-Komponisten der blechernen Ära des Sprechgesangs geleitet wird.

Aus mir heute noch unverständlichen Gründen trällern die Zwangsverpflichteten „Teure Heimat, wann seh ich Dich wieder." Niemand von uns will auswandern.

Als ehemaliger Schulsprecher halte ich die Abschlussrede.

Ich sage – und weiß mich der Zustimmung der Mehrheit meiner Mitschüler sicher:

„Ich singe das hohe Lied all jenen, die durch gezielte Faulheit dem hehren Ideal des Strebertums einigen Glanz gestohlen haben."

Heute: Es gibt Personalisten, die geben nur jenen eine Chance, die in kürzester Zeit die besten Noten in drei verschiedenen Sprachen erreicht haben. „Streber" ist kein Schimpfwort mehr.

2009. Ich verhandle mit dem Klassenvorstand meiner Tochter, dass er sie mit einer grade noch positiven Note ziehen lässt, sie würde ohnehin die Schule wechseln.

Er ist Mitte 30, kleiner als meine Tochter und ein Arschloch. Monatelang hat er die Pubertierende gepiesackt, obwohl er wusste, dass sich ihre Eltern grade getrennt hatten.

Ich sage zu ihm: „Wissen Sie, Herr Professor, ich habe 1976 maturiert und wir hatten noch echte alte Nazis als Lehrer. Aber die waren pädagogisch weiter, als Sie heute."

Er lächelt mich an und sagt: „Ja, stimmt."

Ich bin ein „late adopter". Immer schon gewesen. Wahrscheinlich gibt es gar keine passende Kategorie für so einen wie mich, so late bin ich. Meinen ersten Blackberry hab ich mir zugelegt, da waren die iPhones schon sehr angesagt. Und von meinem letzten Blackberry hab ich mich erst getrennt, als die geliebte Tastatur kaputt war und es keine Apps mehr für das alte Kastel gab. Ich bin uneinholbar hinten nach. Aber von einem lass ich mich nicht abbringen: Die Menschen bewegen sich zurück. Wir regredieren in einem besorgniserregenden Ausmaß. Ein epidemischer kollektiver Ego-Trip. Keine Solidarität, nur noch Ellenbogen. Und das wäre mir ja vollkommen wurscht, wenn die Unachtsamkeit der „Mitmenschen" nicht ständig bei mir aufschlagen würde und meine Achtsamkeit für die anderen auf eine unerträgliche Dimension strapaziert. A bissi mitdenken und drauf schauen, dass es direkt neben mir noch wen anderen gibt, warat echt super. Bitte.

Phantom-Schmerzen im beruflichen Alltag.

Nach scheinbar „erfolgreich" bewältigten Konflikten im Arbeitsleben kommt es häufiger, als man es vermuten würde, zu sehr schmerzhaften Nachwehen bei zumindest einer beteiligten Person.

Ganz ähnlich den sogenannten Phantom-Schmerzen bei Patienten, denen eine Gliedmaße amputiert werden musste und die Schmerzen in dem nicht mehr vorhandenen Körperteil empfinden. Mediziner versuchen diese Phantom-Schmerzen so zu erklären, dass es zu Konfliktsituationen zwischen dem alten und dem neuen Muster kommt, weil vom alten Muster Such-Signale ausgehen, die aber ohne Antwort bleiben müssen. Diese Fehlversuche werden dann von den Patienten als schmerzhaft empfunden.

Ganz genau so spielen sich bei manchen Personen heftige Dramen ab, nachdem und obwohl die belastende Situation im Arbeitsalltag beendet werden konnte.

Trotz „Amputation" der Krise sucht der Mensch nach dem alten Muster und kann nicht in einen mittlerweile „objektiv" befriedeten Alltag einsteigen.

In meiner Coaching-Praxis habe ich eine Reihe solcher Fälle erlebt.

Eine sehr engagierte Mitarbeiterin war von ihrem Vorgesetzten an einen Kollegen „verliehen" worden und wurde dort extrem unglücklich. Als die Irritationen fast schon unerträglich geworden waren, holte sie ihr früherer Chef in ihre frühere Position zurück. Vordergründig wäre alles geregelt gewesen. Und doch konnte sich die Mitarbeiterin nicht von den alten Schmerzen lösen und blieb lange Zeit hindurch in ihrer Leistungsfähigkeit eingeschränkt.

Ein anderer Fall zeigte einen besonders hartnäckigen Rollenkonflikt, der zwischen zwei Repräsentanten benachbarter Abteilungen geführt wurde. Sogar die übernächsten Nachfolger der anfänglichen Streitparteien befehdeten sich entlang der alten Frontlinien, obwohl die persönlichen Animositäten, die dem ursprünglichen Konflikt zugrunde lagen, längst durch Abgang der Kontrahenten beseitigt waren. In beiden Fällen gelang eine nachhaltige Änderung zum Guten nur mit viel Geduld aller Beteiligten.

Die wichtigste Erkenntnis, die trotz evidenter Tatsachen nicht in die Emotionen einsickern wollte, war: „Es ist vorbei!"

Die bisher so belastende Situation ist zu Ende und im aktuell vorfindbaren Alltag nicht mehr präsent.

Manchmal halfen Rollenspiele, in denen ich als Coach die Einsicht „Es ist vorbei" personifizierte und um Aufnahme in den Alltag meiner Klienten ersuchte.

Das Mitgefühl für die offensichtlich obdachlose Person namens „Es ist vorbei" überwog den inneren Drang nach der Suche des alten Schmerzes. Ebenso hilfreich waren Versuche, vollkommen neue Rituale zwischen den neuen Akteuren einzurichten, die ein deutliches Gegengewicht zu den bisherigen Mustern etablierten. Dies gelang erst nach einer ausdauernd erlebten Phase des für die Akteure neuartigen gegenseitigen Kennenlernens des beruflichen Gegenübers als neue, eigenständige Persönlichkeit. All das erinnert mich an den Leitgedanken eines befreundeten Psychotherapeuten, den dieser im Warteraum seiner Praxis platzierte: „Was lange schief wuchs, braucht seine Zeit, um wieder gerade zu werden."

Ich mochte Schüssel als Bundeskanzler nicht. Ich mag ihn auch heute nicht, auch wenn er jetzt größere Ohren hat und besser aussieht. Ich mochte auch Gusenbauer als Bundeskanzler nicht. Ich mag ihn auch heute nicht, auch wenn er keine weißen Radlerhosen mehr trägt, viel schlanker ist, besser redet, aber taktisch immer noch ein Anfänger gegen Schüssel ist.

Meine ganz persönliche Erinnerung an Alois Mock. Ich bin in einem positiv erzschwarzen Biotop aufgewachsen. Meine Eltern waren echte christlich-soziale Antifaschisten und so haben sie mich erzogen. Demgemäß trat ich mit 17 der Jungen ÖVP bei. Mein damaliger Landesobmann war der spätere Landeshauptmann Pühringer. Dann ging´s nach Wien zum Studieren und ich lernte auch andere Zugänge zu ideologischen Fragen kennen. Diese neuen Perspektiven bewegten mich Schritt für Schritt nach links von der Mitte. Schließlich war meine Mitgliedschaft in der Jungen ÖVP mit meiner Real-Verfassung nicht mehr vereinbar. Ich schrieb zwei gleichlautende Briefe an Alois

Mock – den damaligen Bundesparteiobmann – und an Josef Pühringer. In meinem Brief begründete ich meinen Austritt mit der für mich unerträglich gewordenen Kleingeisterei und Borniertheit in der ÖVP. Pühringer antwortete nicht. Von Mock erhielt ich eine handschriftliche Antwort, in der er mich einlud, zu bleiben und mit ihm gemeinsam etwas zu ändern, ihm ginge es nämlich genau wie mir. Ich habe ihn angerufen, mich sehr bedankt und blieb bei meinem Austritt. Viele Jahre später traf ich ihn wieder bei einem Adventmarkt der Caritas Socialis. Er war schon schwer gezeichnet von seiner Krankheit, konnte aber noch gehen und sprechen. Wir hatten ein sehr respektvolles Gespräch in Anerkennung unserer Unterschiede. Mock ist für mich der Inbegriff des Unterschieds zwischen Mut und Tapferkeit. Mut als schnelles Abrufen spontaner Energie. Tapferkeit als ausdauerndes Ertragen schwieriger Verhältnisse. Ruhe in Frieden, Du Tapferer!

Nächste Woche ist die Taufe von meinem Enkel-Zwetschki.

In diesem Zusammenhang entspinnt sich der folgende Dialog zwischen meiner Frau und mir. Ich: „Ich muss mir einen neuen Anzug kaufen. Mein Hochzeitsanzug von vor drei Jahren passt mir nimmer." Gabi: „Aber nein. Der ist nur in der Zwischenzeit unmodern geworden." Ich glaube, sie liebt mich ...

Mir isses vollkommen wurscht, ob die Prognosen einer überwältigenden Mehrheit der Wissenschaftler zum Klimawandel stimmen und eintreten oder nicht. Wer seine Kindheit im Linz der 6oer und 7oer Jahre verbracht hat, weiß, wie es sich anfühlt, wenn der Dreck der Industrie in der Luft ist und die Menschen manches mal mit Taschentüchern vor den Gesichtern auf den Straßen unterwegs waren. Der Dreck bleibt der Dreck und er ist mit Sicherheit ungesund und deshalb sollte alles unternommen werden, damit der Dreck eben weniger wird.

Und es ist mir wirklich scheißegal, dass in der Geschichte der Erde immer wieder drastische Klimaveränderungen stattgefunden haben.

Die Menschheit ist jetzt zum ersten Mal in der Lage, selbstbestimmt die schlimmsten Verwüstungen einer meinetwegen eh unvermeidbaren zyklischen Veränderung aufzuhalten. Deshalb nervt mich der Fatalismus all jener, die glauben, dass die Erde seit 6.000 Jahren existiert und der liebe Gott wird schon wissen, was er tut.

Nicht nervt mich, dass es religiöse Menschen gibt, die aktiv zu der weiteren Gesundheit der Schöpfung was beitragen wollen – ob es ihnen der heilige Geist oder der Hausverstand geflüstert hat, dass wir achtsam mit der Umwelt umgehen sollen, ist vom positiven Effekt her vollkommen wurscht. Und wenn der Pariser Vertrag eine weltweite Achtsamkeit trotz aller weltanschaulichen Verschiedenheiten fördern sollte, dann sind halt diejenigen, die nicht mitmachen, auf der falschen Seite der Menschheit.

Des Testosteron is schon a Hund. Da beschließt man als Mann das Selbstverständliche, nämlich am frühen Abend noch a bissi was einzukaufen. Man packt seine Sachen zsamm – also Handy und Geldbörsel – und macht sich auf den Weg. Unten bei der Haustür trifft man zur allerliebsten Überraschung die Göttliche, die vom beruflichen Tagewerk heimkehrt und man freut sich so richtig.

Die Göttliche sagt: „Wo gehst denn hin, Schatzi?" „Nur ein paar Kleinigkeiten einkaufen." „Da komm ich doch gleich mit!" Scheee. Beim Billa bei der Kassa nimmt man – eh klar und eh brav – zwei Papiersackerln und fängt an, die Ware auf das Förderband zu wuchten. Da kommt die Frage aller Fragen. Sie bewegt sich aus dem liebevollen Mund der Göttlichen und schwebt auf einen zu und während sie sich immer näher heranbewegt, verdunkelt sich die Sprechblase zu einem ganz tiefen Schwarz, bis sie schließlich in beiden Ohren detoniert: „Duhu. Hasi, warum hast denn den Einkaufstrolley nicht mitgnommen?" Des geht net. Naaaa. An Einkaufstrolley mitnehmen geht wirklich net. Net, wenn man(n) eigentlich allein zum Greißler gehen wollt.

Es gibt ja eine doch erkleckliche Anzahl von Männern, denen das Haupthaar immer lichter wird. Ich bin da seit Jahren mit dabei. Und dann gibt's immer mehr tapfere Herren, die ganz schön viel Geld ausgeben, um die unfreiwillige Blöße durch Haartransplantationen bedecken zu lassen. Dabei wird von den Resten des eigenen Haares was rausgepickt und an den kahlen Stellen wieder eingesetzt. Wie hier schon berichtet, hab ich mir für die Taufe vom Enkel-Zwetschki einen neuen Anzug gekauft. Die Probier-Kabine war rundum verspiegelt. Dabei wurde mir nach langer Zeit des Selbstbetrugs das ganze Ausmaß der Kapital-Verwüstung offenbart. Die Haar-Transplantation könnma mangels Masse absagen. Kauf ich mir lieber jedes Jahr einen neuen Hut. Is eh fesch.

Manchmal schnürt es mir das Herz ab.

Wenn meine KlientInnen anfangen, von sich selbst zu erzählen. Und weil doch niemand „nur" aus seiner beruflichen Position besteht und der Mensch doch ein ganzheitliches Wesen ist, nehme ich die Ausführungen meiner Gesprächspartner als wertvolle Geschenke und Vertrauensbeweise.

Auch im 13. Jahr meiner Arbeit als Coach bleibt die Frage der Abgrenzung immer noch eine tägliche Herausforderung. Sie lässt mich pendeln zwischen einem mittlerweile sehr sensibel kalibrierten Radar der feinstofflichen Wahrnehmung und der Notwendigkeit, geschützt zu bleiben vor dem Schmerz und der Not des anderen Menschen.

Derselbe Radar lässt mich oft sehr früh erkennen, worum es „eigentlich" geht und zeigt mir dann ganz schnell meine eigenen Grenzen auf. Und manchmal, wenn ich nicht aufpasse, springt mich der Schmerz des Anderen an.

Wie ein Raubtier. Aus dem Hinterhalt. Dann muss mein Alarmsystem funktionieren, denn sonst funktioniere ich nicht mehr. Besonders sensibel sind die Szenarien, wenn die Lebensgeschichten meiner Klienten zeigen, mit welch brutaler Konsequenz sich Menschen ihre Gefühle abtrainieren mussten, um nicht unter der Last grausam naher Übeltäter vor die Hunde zu gehen. Diese Opfer werden dann im Alltag zu völlig empathiebefreiten Tätern, die ihr gesamtes Umfeld mit ihrer seelenlosen Maschinerie des Funktionierens in die totale Demotivation treiben.

In den ihnen manchmal „verordneten" Gesprächen mit dem Coach bricht dann der Damm und ein Tsunami an Schmerz sucht sich seinen Weg. Hier kann und darf nur der therapeutische Experte ran. Mit ein bisschen Glück und viel Geduld verstehen meine Klienten, dass der gesellschaftlich schon recht arrivierte Gang zum Coach einfach nicht genügt. Sondern, dass der Weg in die eigene Seele ein lebensrettender ist und sein muss. Und der Coach dann ein hilfreicher Pfadfinder durch eine Landkarte des Alltags ist, deren Kompass durch die Therapie ausgerichtet wurde.

Bewegungsmangel in Gedanken und Gefühlen. In den meisten Fällen liegt es an einer in der Wirklichkeit problematisch gewordenen Methode der Entscheidungs-Findung, die weit verbreitet ist und schon irgendwie zu einer unhinterfragten Selbstverständlichkeit geworden ist: Aussortieren, Zuspitzen, Aussortieren, Zuspitzen. So lange, bis am Ende dieses Selektions-Prozesses nur noch eine Option übrigbleibt. Und dann sitzen die Bedauernswerten im Gespräch mit mir und beklagen eine Situation, in der sie „keine Wahl" mehr haben. In solchen Fällen erinnere ich gerne an den großen österreichischen Wissenschafter Heinz von Foerster, einen der Begründer des Konstruktivismus. Sein berühmter Leitgedanke lautet: „Handle so, dass die Zahl Deiner Optionen mit jedem Schritt, den Du setzt, zunimmt." Die pragmatische Umsetzung dieses Leitmotivs: Man sollte wenigstens in drei Ziel-Optionen denken:

Minimal-Ziel – Was ist das Mindeste, mit dem ich grade noch zufrieden bin?

Maximal-Ziel – Was ist das Beste, das mir passieren kann?

Alternativ-Ziel – Was geht noch? (Als eigenständige Out-of-the-Box-Variante)

In den allermeisten Fällen sorgt dieser Zugang für neue lösungsorientierte Beweglichkeit.

„Wirrrbelseileee in Booodn drickn!" Das Kommando des tschechischen Trainers in der Gymnastik-Stunde klingt mir heute noch in den Ohren.

Auch eineinhalb Jahre nach der Reha im winterlichen Bad Harbach (in Sichtweite der tschechischen Grenze) bemüh ich mich, mit ganz wenigen Ausnahmen täglich meine „Ibungen" zu machen.

Aus Solidarität, um mich sanft an die tägliche Viertelstunde zu mahnen, aus eigener Sportlichkeit: Mein Schatzi macht fast immer mit. Und dann liegen zwei Gymnastik-Matten am Boden und wir machen synchron die diversen Dehn- und Streckmechaniken. Mittlerweile sind wir schon so eintrainiert, dass sie mich erinnert, wenn ich einmal eine spezielle Übung auslasse. Und dann ist da der Moment, wo wir beide am Rücken liegen, mit ausgestreckten Armen und uns nach links und rechts drehen und dabei berühren sich die Hände. So viel Vertrautheit. Und ja, bevor jetzt die „liebevollen" Hinweise kommen, dass es auch eine andere Art der Morgengymnastik gibt, die man zu zweit machen kann: Eh. Und wenn wir schon dabei sind: Mein Physiotherapeut hat mir empfohlen, immer mit der Missionars-Stellung anzufangen.

Dabei würden sich die Wirbel gut einrenken und die Bandscheiben kommen auf Betriebs-Temperatur. Danach darfs gern variantenreich werden. Hättma des auch besprochen.

„Beschwingt um 11". So hieß einmal eine Sendung auf Ö3, die sinnvollerweise um 11 Uhr Vormittags lief und die Zeit bis Mittag überbrückte. Entgegen dem forschen 50er-Jahre Titel brachte Ö3 damals die aktuellsten Hitparaden-Stars und so liefen in „Beschwingt um 11" die Stones, Ten Years After, Uriah Heep, Fleetwood Mac und ja, auch die Beatles.

Dann gab´s – ich glaube zwei mal die Woche – „Vocal Instrumental International" mit dem großartigen Walter Richard Langer als unumstrittenem Jazz-Guru. Am Vormittag! Oder „La Chanson" – französische Balladen. Am Vormittag! Oder auch „Das Lied der Prärie" (abends). Oder den wunderbaren Günther Schifter mit den Shellacks und Shellacks und Shellacks.

Speziell in meinen Studentenjahren konnte ich meinen Tagesablauf verlässlich nach meinen Lieblings-Zeiten auf Ö3 einplanen. Funktionierte besser, als das Vorlesungs-Verzeichnis. Oder an den Sonntagen gab´s das 100.000 Schilling Quiz, wo mein Freund Happy und ich immer wetteiferten, wer´s wie weit bringen würde. Oder – unglaublich gut! – auch am Sonntag: Der Mittags-Martini mit Louise Martini, die ausnahmslos wirklich nur erstklassige Musik spielte. Durch ihre „Empfehlung" kam ich auf George Benson (Benson plays Abbey Road).

Und – unvergleichlich in seiner exzellenten Arroganz: Gerhard Bronner, wenn er am Montag Abend nach dem Song Contest die Beiträge verarschte. Dann waren da noch die unverzichtbaren Juwelen wie Music Box – verlässliche

Wegweiser für alles, was die Aufmüpfigkeit förderte und vieles andere. Da konnte man schwer Erträgliches wie Brigitte Xander oder Rainhard Mildner ganz gut verschmerzen ...

„Sine ira et studio." Das war der Leitgedanke des alten Römers Tacitus in seinem Anspruch an die Geschichts-Schreibung. Wörtlich übersetzt: Ohne Zorn und Eifer. Das Bemühen um quasi objektive Geschichts-Schreibung. Nahegebracht hat uns diesen Gedanken unser Latein-Professor. Er war nach heutigen Maßstäben ein „story-teller", auch wenn es diesen Begriff in den 70ern noch lange nicht gab. Sein Name war Zerobin und er war gefürchtet. Das trug ihm den Spitznamen „Z" ein und die Nennung dieses Kürzels verursachte sogar über die Grenzen des Linzer Khevenhüller-Gymnasiums Schauder des Schreckens. Eigentlich war er Latein- und Griechisch-Professor, aber weil es bei uns Griechisch als Schulfach nicht gab, fokussierte er ganz auf die alten Römer.

Ich war grottenschlecht in Latein und noch viele Jahre nach der Matura hatte ich Albträume, in denen mich Z am Grill seiner mündlichen Prüfungen röstete. Z war ein bitterer Mensch und er mochte die Menschen nicht. Als wir ihn einmal zu einem Klassentreffen einluden – es muss so 10 Jahre nach der Matura gewesen sein – saß er als übellauniger Grantler mit uns beim Bier. Und heute leiste ich Abbitte. Ich war so schlecht in Latein, weil ich einfach eine

faule Sau war. Vokabel-Lernen, Grammatik-Pauken, Über-
setzen-Üben: Alles sinnlose Zeitverschwendung. Wenn wir
nicht durch unfassbares Glück im Matura-Jahr eine Schul-
arbeits-Aufgabe – eine Stelle aus den Metamorphosen von
Ovid – im Voraus erraten und eine „sehr gut"-Quote von
75% produziert hätten (mich epochalerweise inklusive),
hätte ich in Latein maturieren müssen und mein ganzer
Lebensweg wäre möglicherweise ein anderer geworden
(ohne Übertreibung!). Und wenn ich heute meine geliebten
Toskana-Urlaube verbringe und nicht nur aus Kühlungs-
Gründen die wunderbaren alten Kirchen betrete, tut es mir
jedes Mal leid, dass ich die alten Inschriften nicht über-
setzen kann.

Ja, es gibt heute Google, aber das ist kein Ersatz für authentisches eigenes Wissen. Z hat uns noch so viel mehr beige-
bracht. Sein Verständnis von „pax romana" – der römische
Friede, der dann entstand, wenn die Römer bei ihren
Eroberungen alles plattgemacht hatten – nichts rührt sich
mehr. Oder das griechische Wort „proskynesis" – die spezi-
fische Geste der Unterwerfung im Altertum. Wenn ich
aufmerksamer gewesen wäre, könnte ich jetzt noch viel
mehr erzählen. Wenn Z lachte, spürte man immer die
Prise Spott und Hohn dahinter. Wenn er erzählte, seine
ganze Leidenschaft für sein Fach und das alte Wissen. So
denke ich halt heute an ihn. Den bösen guten Z. Sine ira et
studio.

Und dann war da noch „Old Shatterhand". So hat er sich uns 10-jährigen Frischlingen im Gymnasium vorgestellt. Er unterrichtete „Naturgeschichte" (so hieß das damals), Geographie und Turnen.

Er war der Zwilling von Luis Trenker (bei Geburt getrennt) und schon kurz vor der Pense. Was ihn nicht davon abhielt, ein sehr lebensfrohes Dasein zu führen, das eine sehr vitale Zuneigung zur Direktions-Sekretärin inkludierte. So inkludierte, dass er im Sommer im Linzer Parkbad mit seiner Ehefrau UND der Sekretärin seinen immer noch durchtrainierten Körper der Sonne darbot.

Viele Jahre später hat ihn meine Mutter auf der Linzer Landstraße getroffen. Er war schon weit über 80. Sie fragte ihn: „Na, Herr Professor, Sie halten sich aber gut! Wie geht es Ihnen?" Antwort: „Ausgezeichnet, gnä Frau, wunderbar. Und ab und zu bring ich auch noch einen recht guten Ständer zsamm!"

Der Hund, der w a s bellt. Die Sonne, die w a s scheint. Das Auto, das w a s fährt. Kann mir bitte jemand erklären, warum Menschen so reden und es ihnen nicht unerträgliche Schmerzen bereitet, wenn sie die Sprache so verhunzen?

Ein guter Tag. Coaching in Düsseldorf. Perfekte Mischung aus Vermittlung von Tools und maßgeschneiderter Lösungsarbeit. Mitten drin eine Feuerübung des Hotels. Muss ich in Zukunft aktiv einbauen – sehr belebend. Dann weiter nach Hamburg. Eurowings fliegt pünktlich ab und landet just in time. Kannst Du leider nicht aktiv einbauen. Jetzt mit dem Taxi zum Hotel. Sieht alles fast so aus, als hätte es den Anarchisten-Terror nicht gegeben. Wieder zuhause. Hamburg. Meine Perle. :-)))

Forschungs-Projekte, die ich finanziere, wenn ich den Lotto-Jackpot knacke:

- Warum stellen sich Leute in eh schon engen Gassen genau dorthin zum Tratschen, wo es wirklich am engsten ist?
- Wenn ich an einem einsamen Strand mein Badetuch ausgebreitet habe: Warum muss dann der Mensch, der neu dazukommt, sein Badetuch genau neben meines hinklatschen, obwohl noch kilometerweit Platz warat?
- Warum fahren die Menschen im Schneckentempo auf eine grün blinkende Ampel zu, um beim letzten Grün-Zucker aufs Gas zu steigen und ich schaff's dann nimmer?
- Warum nimmt mir ausgerechnet der Autofahrer, dem ich 500 Meter vorher den Vorrang geschenkt habe, jetzt den letzten Parkplatz weg?
- Warum hat mein Bäcker die Dinkel-Topfengolatschen immer nur zwischen halb 8 und halb 9?
- Warum ist es so ein Schas, wenn Dich Menschen, denen Du vor Monaten etwas geraten hast und sie haben das Gegenteil getan, jetzt ansudern?
- Warum is alles so, wie's is?

„Lieber Gott, lass mich im Lotto gwinnen!"

„Oida, gib ma a Chance: Kauf da a Los!"

Die Vinyl-Ära. Sie war auch deshalb so spannend, weil die große Fläche der Plattencover Raum für großartige Gestaltung bot. Ich denke zum Beispiel an „Sticky Fingers" von den Stones. Mit einem „echten" Jeans Reißverschluss, der bei Öffnung den Blick auf eine weiße (!) Herrenunterhose und ein bisschen Körperhaar freilegte. Oder die wunderbaren Cover von Santana – Black Magic Woman in fantastischem Realismus designt. Bis zu den unvergesslichen Covers aus der Jazz-Ära – beinahe unerträglich reduziert und gerade deswegen so eindrücklich. Heute hütet mein Sohn meine Vinyl-Schätze aus mehreren Jahrzehnten und sie sind in liebevolle Hände gekommen.

Vorgestern wäre meine Mutter 84 Jahre alt geworden. Sie starb mit 71 Jahren. Sieben Jahre nach meinem Vater, der ebenfalls mit 71 Jahren gestorben war. Wenn ich an meine Mutter denke, denke ich auch an meinen Bruder. Er ist 7 Jahre jünger als ich. Unsere Mutter hat uns beiden das Leben geschenkt, seines hat sie auch noch gerettet, als er mit 16 Tagen Lebensalter beinahe gestorben wäre. Unsere Mutter hat in unseren Lebenskonzepten Spuren gezogen. Wenn ich beim Rasieren in den Spiegel schaue, erkenne ich ihre Gesichtszüge und manchmal erschrecke ich dabei. Wenn ich mit meinem Bruder telefoniere, höre ich ihre Stimme und ihre Formulierungen und manchmal erschrecke ich dabei. Wer Kinder hat, weiß, dass man seine Kinder alle gleich „viel" liebt und sich dieses „Viel" bei jedem Kind anders artikuliert. So war es auch bei uns. Und auch umgekehrt. Mein Bruder und ich würden die Geschichte unserer Mutter ganz bestimmt sehr unterschiedlich erzählen. Und wir haben auch sehr unterschiedliche Wege beschritten, die Spuren unserer Mutter in unseren jeweiligen Lebensläufen zu verarbeiten. In meinem Fall bis zur erlösenden Erkenntnis, dass ich auch damit aufhören darf, sie zu verstehen. So habe ich mir in meinem Leben sehr gerne und liebevoll Figuren gesucht, die väterlich, mütterlich und auch brüderlich mit mir umgehen konnten. Als unvergesslicher mütterlicher Leitstern wurde mir meine Schwiegermutter geschenkt, die mich ein gutes Jahr lang mit nicht versiegender Großzügigkeit in ihr Herz geschlossen hat – so wie ich sie in meines. Wer meine Mutter auf eine wunderbar differenzierte Art kennenlernen will, geht auf die FB-Seite meines Bruders: Kunst Kübel und hört die bisher 5 Teile seiner Serie Treibgut.

Gedanken im Stau. Wenn die Nationalisten, die jetzt in Europa solche Urständ feiern, zhaus bleiben täten, wo sie's so super finden, warat unsereiner schon längst viel weiter. In jeder Hinsicht.

Morgenlauf in der Toskana. Schatzi und ich joggen auf einem Feldweg rüber zum Nachbarort. Morgendliche Kühle. Ich laufe mit nacktem Oberkörper und genieße die

Brise und Schatzis Rückansicht. Im Nachbarort begegnen uns zwei elegante Signoras. Die ältere ist bestimmt schon 80, hat ganz weißes Haar und geht aufrecht in ihre Freundin eingehakt. Als ich vorbeilaufe, wirft sie mir eine Kußhand zu. Bei manchen Zielgruppen hab ich noch ein Leiberl, auch wenn ich gar keins anhab.

Freundschaft. War gestern Abend Tischgespräch bei einem wunderbaren Überraschungsessen, das meine Tochter und ihre beste Freundin uns unter der Laube in der Toskana bereitet haben. Mir fiel dazu mein Freund – der „Große Paul" – ein. In „Hungry Heart" hat er das in jeder Hinsicht erste Kapitel gekriegt. Der große Paul und ich sind auf einem Foto anlässlich meiner Promotion abge-bildet. Ich trage den Doktorhut, den er mir geschenkt hat und freu mich sichtlich. Er steht neben mir und freut sich noch viel mehr. Unübersehbar. Seit es dieses Foto gibt, hab ich (m)eine Definition von Freundschaft: Wenn sich Dein Freund über etwas, das Dir gelungen ist, mehr freut, als Du selbst. Erich Lobinger :-))

Marathon. Musste grade an eine liebenswürdige britische Kollegin bei Ammirati Puris Lintas denken. Sie schaffte es, den ganzen Marathon in weniger als 3 Stunden 30 zu laufen. Ich fragte sie: Wie schaffst Du es, den Marathon so schnell zu laufen? Antwort: Ich muss so schnell laufen – für länger reicht meine Kondition nicht.

Die Schüssel-Ära hat mich politisch traumatisiert. In nur sechs Jahren wurde dem Land eine Serie von gesellschaftlich-moralischen Impertinenzen angetan, dass es mich heute noch schaudert, wenn ich daran denke. Da gab es eine querflötenspielende Handarbeits-Lehrerin als Bildungsministerin, die in ihrer reaktionären Halsstarrigkeit auch durch die grottenschlechtesten Pisa-Tests nicht aus ihrer Agonie zu wecken war. Einen Finanzminister – Beutegut aus der blauen Ecke – der mit umfunktionierten Werbeslogans seine Lügen unters Volk mischte. Ich sehe heute noch vor mir den elektronischen Countdown auf der Kärntner Straße, wo den Steuerzahlern das Ausbleiben neuer Schulden als Wegfall aller Altlasten vorgeflunkert wurde – und nicht einmal das Ausbleiben neuer Schulden hat gestimmt. Die unglaublich provokante Mimik eines Ernst Strasser als Innenminister – offenbar eine Erbpacht der Niedertracht aus der ÖVP NÖ, bis zum heutigen Amtsinhaber ungebrochen.

Ein Wirtschafts-Minister, der die bis heute unerträglichen Eurofighter-Gegengeschäfte administrierte. Ganz zu schweigen von den blau-orangen Geschöpfen aus den Kellern der Ewiggestrigen. Infrastrukturminister, die sich im Kürzest-Takt die Klinke in die Hand gaben, ein Sozialminister, der ein eigenes Männer-Referat gründete, diverse Vize-Kanzler, die in einem gesitteten politischen System höchstens Abteilungsleiter-Stellvertreter werden könnten.

Oder der Herr Westenthaler als Klubobmann der orangen Missetäter, der den Mädchennamen seiner Mutter angenommen hatte, damit er mit Hojac bei den Burschenschaftern nicht unten durch ist. Und nicht zu vergessen, der knallharte Postenwahnsinn, mit dem sich Haiders Getreue Positionen verschafften, für die sie nicht annähernd geeignet waren. Und über all dem der Kanzler. Der sich die Flaggenfarben „rot-weiß-rot" unter den Nagel gerissen hatte und diese patriotische Markierung als Brandzeichen seiner Gesinnungsgenossen missbrauchte. Alles, was objektiv schlechter wurde, ist als Verbesserung verkauft worden. Ein systematischer „Double-Bind", in dem Dir jede „Wohltat" chronische Schmerzen zufügt. Ich war damals Teil einer Gruppe von Menschen, die all das sehr wütend gemacht hat.

Wir trafen uns unregelmäßig in der Kreisky-Villa, um dort wenigstens im „genius loci" Trost und Ermunterung zu suchen. Es hat sogar ein bisschen geholfen. Man hatte nicht mehr das Gefühl, dass das gesamte System verrückt geworden ist. Und heute beschleicht mich wieder so ein flaues Gefühl in der Magengrube. Wieder haben wir einen Modell-Schwiegersohn, dem man auf den Leim gehen soll. Wieder gähnt die konzeptionelle Leere, die am Ende nur mit reaktionären Versatzstücken gefüllt werden wird. Wieder die Lust am Schmerz, den die angeblichen Reformen verursachen werden – es trifft eh wieder die anderen. Wieder der gleiche Strippenzieher mit der gleichen Taktik. Dieses Mal soll es nicht gelingen.

Gerechtigkeit ist kein Geschenk.

Wenn die Dummen fleißig werden,
wird's gefährlich.

Zahlen sind keine Ziele.
Zahlen sind Ergebnisse.
Ziele sind Lösungen.

Nachtgedanken. Wenn Dein Sohn die Hälfte seines Geburtstags bei Dir im Spital verbringt; wenn Deine Töchter ganz liebevoll mit Dir umgehen; wenn Deine Frau nicht von Deiner Seite weicht; wenn vom vielen Reden und Zuhören und Verstehen irgendwie der Schmerz aus dem Rücken schleicht; wenn Dich Dein Arzt aus dem Urlaub anruft, um zu checken, ob alles passt; wenn Dir Facebook-Freunde sehr persönliche Nachrichten schicken, um Dir zu zeigen, wie nahe sie Dir sind; wenn Du um diese Uhrzeit glücklich bist, dass alles so ist, wie es ist – dann ist vieles einfach sehr in Ordnung.

16. Oktober 2017. Ab diesem Tag und allen folgenden müssen wir miteinander auskommen. Spätestens. Dann müssen wir einander ertragen, egal, was am 15. Oktober rausgekommen ist und wer mit wem dann politisch kopulieren wird. Alles, was wir jetzt tun oder nicht tun, stellt die Weichen für den 15. Oktober. Vor allem aber für den 16. Oktober und die vielen Tage und Nächte danach. Der Wettstreit – ja Wettstreit, nicht Wettbewerb – der politischen Absichten ist notwendig und historisch eine der größten Leistungen der Menschheit. Der Menschheit.
Nicht der Tierwelt. Benehmen wir uns entsprechend. Bitte. Treten wir mit allem, was wir können, für alles, was wir wollen, ein. Sorgen wir für Aufmerksamkeit für das, was uns etwas bedeutet. Aber – bitte – bleiben wir auf unseren jeweiligen Feldern.

Der politische Gegner – ja, Gegner, nicht Mitbewerber – ist, wie er ist. Wir werden doch niemanden, der diesen Gegner interessant findet, von seiner Präferenz abbringen können, indem wir diesen Gegner anschütten. Suchen wir stattdessen Freunde für das, was uns selbst am Herzen liegt. Mit positiven Argumenten, die überzeugen. Schon der chinesische General Sun Tsu hat vor 2600 Jahren die Weisheit gewonnen: „Betritt nicht das Schlachtfeld des Gegners, denn dort diktiert er Dir SEINE Regeln." Bestellen wir die Felder unserer eigenen Absichten und suchen dafür die Begeisterung. Wir müssen ab dem 16. Oktober miteinander auskommen. Wir müssen das hinkriegen. Jetzt.

Uns fehlt der Grund-Konsens. Zu den elementaren Fragen des gesellschaftlichen Zusammenlebens. Es gibt keine Einigkeit über ein gerechtes Abgaben-System. Über ein zukunftssicheres Pensions-System. Über die Ausbildung der Kinder. Über unseren Umgang mit Not und Elend anderer. Über das Gesundheits-System. Über unseren Umgang mit der Vergangenheit. Über die Mindest-Standards von Ethik und Moral. Über all das sind wir uns nicht einig. Nicht einmal darüber, was wir unter „Gerechtigkeit" verstehen. Und wenn es schon nicht die hochtrabende Gerechtigkeit sein darf, dann auch nicht über die Fairness. So etwas unseren Enkeln erklären zu müssen (wenn die dann noch mit uns reden), wird hart.

Wieder in Hamburg. Zuhause. Na ja. Nicht ganz. Mein Lieblingshotel hat kein Zimmer für mich. Muss ich fremdgehen. Und schon schlägt das Schicksal zu. Einchecken. Alles easy. „Brauchen Sie einen Parkplatz?" „Nein, danke, den Flieger krieg ich bei Euch nicht rein." Böse. Falscher Humor, falsche Location, falsche Zeit. Lächeln der Empfangsdame. Das wird sich rächen. „Sind Sie selbstständig?" „Ja." Schwerer Fehler.

„Haben Sie das Formular ausgefüllt wegen der ... Abgabe (irgendeine Abgabe, die ein Selbstständiger nicht zahlen muss, erspart mir heiße 5 Euro für den Rest der Woche)." „Ja, hab ich online erledigt, aber jetzt nicht bei mir." „Warten Sie, ich hole eines aus dem Büro!" „Nein, das müssen Sie nicht, mir kommt's auf die paar Euro nicht an und ich bin schon bissi müde." „Aber ICH brauche das Formular!" Stöhnen. Die andere Dame an der Rezeption erbarmt sich meiner, schickt der Kollegin einen bösen Blick, die daraufhin von mir ablässt. Sie lächelt immer noch. Kafka in Hamburg. Und keine Bade-Ente.

Österreich in den Nuller-Jahren. Da gab es eine ganz besonders inspirierende „Institution": Die Waldzell-Meetings im Stift Melk. Anfang September versammelten sich an diesem wunderbaren Ort ca. 150 Personen aus aller Welt, um an gemeinsamer Inspiration zu arbeiten und voneinander zu lernen. Das Lernen war auf allerhöchstem Niveau möglich, bei jedem dieser mehrtägigen Meetings waren im Schnitt 5 bis 8 Nobelpreisträger anwesend. Ich genoss das Privileg, dabei sein zu dürfen und denke auch heute noch in großem Respekt an den leider verstorbenen Mentor Ernst Scholdan und den Macher Andreas Salcher. Bei einem der Waldzell-Meetings waren auch hochrangige Vertreter aller großen Weltreligionen am Podium versammelt – unter ihnen auch der Dalai Lama. Der Moderator stellte diesen spirituellen Hochkarätern die Frage: „Welchen Rat, den Sie aus der Weisheit Ihrer Religionen schöpfen, geben Sie jemandem, der am Leben verzweifelt und nicht mehr weiter weiß?" Der Reihe nach überboten sich die Weisen mit gedrechseltem Geschwurbel. Bis die Reihe an den Dalai Lama kam. Der zog den Kopf zwischen den Schultern ein, kicherte ein bisschen und sagte: „Keine Ahnung!"

„I entschuidig mi imma. Fia ois! I sog dann: Hob i net gwusst, hob i net vastaundn, hod ma kana gsogt. I entschuidig mi imma! Oba Du: Du entschuidigst Di nie. Nie! Des is da Untaschied zwischen uns zwa!" „Entschuidige, des stimmt doch net!" (Mitschrift. Dialog in unserem Hinterhof. So wird des NIE wos!)

Erfahrungswert. Menschen, die ganz bestimmte Eigenschaften von sich selbst ganz besonders hervorheben, haben diese Eigenschaften ganz sicher nicht.

Die 5 Phasen der Planung:

- Begeisterung
- Verwirrung
- Ernüchterung
- Suche der Schuldigen
- Auszeichnung der Nicht-Beteiligten

In der Konzern-Kantine. Hier ist der Mittelstand. Die meisten mit Matura und einer Fachausbildung, die der Konzern bezahlt hat. Zusatz-Versichert. Genossenschafts-Wohnung oder auch Eigentums-Wohnung (in 20 Jahren abgezahlt). Gute Kleidung mit vermutbarem Marken-Hintergrund. Viel Aufwand für Stimmigkeit von Stoff und Schuh. Die Damen mit sportlich-praktischem Haarschnitt. Die Herren mit großen Uhren. Viel Bedacht auf Status und Bedeutsamkeit. Status: Erhalten mit Willen zum Aufstieg. Bedeutsamkeit: Muss erkennbar sein und bleiben. Wind of change trotzdem auf kleiner Ventilator-Stufe. Immer gut aufpassen, dass der Kollege aus der Nachbar-Abteilung nicht im falschen Moment überholt. Und neulich war der McKinsey Typ da und hat blöde Fragen gestellt. Transparenz. Effizienz. Synergien.

Skalierbarkeit. Automatisierung. Die werden noch schön schauen, wie wir die einfach ignorieren. Change? Den müssen's uns amal anschaffen. Und dann schauma weiter. Szenenwechsel. Eissalon am Stadtrand. Viel sonnengebräunte Haut. Viel Gold um Hals und Knöchel. Die Damen mit blonden Strähnen eingefärbt. Erkennungszeichen: Sehr lange Fingernägel mit kunstvoll applizierten Mustern. Die Herren mit viel Gel im zurückgekämmten Haar. All inklusive Urlaub mit all exklusive-Mentalität. In mein Revier geht mir keiner rein. Immer ein bissi zu viel von allem. Das Schmuckstück zu viel. Das Goldketterl zu viel. Das Chromstück am Auto. Das Vorurteil. Der misstrauische Blick über die Schulter zum Nebentisch und zum Eingang. Im Beruf am Stand treten. Weiter rauf geht nicht. Vielleicht hätte man doch nicht mit 16 aus der Mittelschule aussteigen sollen. Immerhin: Die Lehre als Zweitbester in der Berufsschule abgeschlossen. Wieso der ahnungslose Vorgesetzte was zu sagen hat, bleibt rätselhaft. Nichts geht weiter. Und jetzt auch noch die Ausländer. Weltweit. Ungerecht. Alles. Wo Du hinschaust. Jetzt hat sich so ein Türke den Schrebergarten nebenan unter den Nagel gerissen. Nirgendwo ist man unter sich. Und der Strache ist auch nicht mehr, was er war.

Als Konservativer führt man ein sehr übersichtliches Leben. Man hat seine fixen Rituale und Feiertage und die schon seit Generationen. Man weiß, wie man sich anlassbezogen kleidet und unterscheidet sich auch da nicht von den vorangegangenen Generationen. Alles hat seinen Platz und seinen Sinn und muss nicht weiter hinterfragt werden. So nimmt alles einen vorherbestimmten Gang und man fügt sich in die Traditionen, auch wenn diese Traditionen manchmal mit dem Herzen nicht mehr ganz so kompatibel sind.

Als Konservativer hat man es natürlich auch immer wieder schwer. Dann, wenn die Reformer wieder einmal recht lästig sind und Veränderungen wollen. Manchmal verlangen die sogar eine Veränderung und dann wird es richtig anstrengend. Dann muss man über etwas verhandeln, das doch in der eigenen Weltsicht gar nicht zur Debatte steht und man muss Zugeständnisse machen gegen alles, was einem lieb und wert ist.

Als Konservativer ist man besonders dann in der Klemme, wenn man unvorsichtigerweise zu nah an die Reaktionäre anstreift. Das ist schon eine heikle Gratwanderung. Denn die Reaktionäre sind manchmal mindestens so anstrengend wie die Reformer, nur vom anderen Ende der Skala.

Aber im Zweifel einigt man sich mit den Gestrigen, denn im Gestern kennt man sich besser aus, als im Morgen. Nur, wenn sie zu weit ins Gestern wollen, die Reaktionäre, dann wird's bedenklich. Aber man wird das schon schaukeln, hat doch der Großvater auch ganz gut hingekriegt.

Als Reformer führt man ein sehr unübersichtliches Leben. Ständig gibt es irgendwas zu verändern und manchmal fährt der Zug der Zeit schneller, als man denken kann. Dann zischt der Zug der Zeit aus dem Bahnhof, bevor man aufspringen konnte und schon muss man ihm nachwinken.

Das ist dann peinlich, weil die Konservativen stehen schon eine Ewigkeit am selben Bahnsteig und kennen das Ritual, nur steigen die ja absichtlich nicht ein und schauen den Reformern beim Zugversäumen zu.

Als Reformer ist man oft unbeliebt. Ständig will man was ändern, ständig ist man unzufrieden und das wird einem dann schnell als schlechte Laune und Undankbarkeit ausgelegt. Und wenn man dann in ewigem Bohren dicker Bretter endlich was geändert hat, schon ist es selbstverständlich geworden und dann kommt zur eigenen Unzufriedenheit auch noch die Vergesslichkeit der eigenen Klientel dazu. Das schmerzt und nervt. Als Reformer möchte man gerne ab und zu auch ein bisschen so unkorrekt sein, wie die Konservativen, wenn die zu viel getrunken haben und dann ganz ungeniert werden.

Aber da steht einem dann die politische Correctness im Wege und schon wird´s wieder eng. Dann hat der Reformer wieder einmal so gar keine Freud an der schönen Veränderung, weil sie halt immer so korrekt sein muss, während sie doch den anderen so wurscht ist. Und dann kommen die Populisten und machen alles kaputt. Nichts ist mehr so, wie es einmal war.

Da wäre man doch ab und zu gerne auch ein bisschen konservativer und wünscht sich die Zeiten zurück, wie der Großvater beim Maiaufmarsch begeistert ganz vorne dran war.

Für Dich würde ich sterben. Dieses Buch begleitet mich nun schon ein paar Wochen. Der große F. Scott Fitzgerald. Eine Sammlung bisher unveröffentlichter Geschichten aus der Zeit seines wirtschaftlichen, aber eben nicht des literarischen (!) Niedergangs. Von einer Geschichte zur nächsten immer wieder ein neuer Zugang in eine andere Welt. Verschwenderisch, beinahe fahrlässig im Anreissen von Plots, die wie die Lampen in den ganz alten Blitzlichtgeräten explodieren. Buchstaben, die wie Vitamine ins ausgehungerte Gehirn träufeln. Wieder mehr lesen. Über den Tag und die Nacht hinaus.

Vor einigen Jahren in Klosterneuburg. Ich habe den Gärtner, der 2x jährlich den Garten in Schuss hielt, beauftragt, die große Birke vor dem Haus umzuschneiden. Sie hatte mich lange genug mit ihrem Blütenstaub genervt und mir immer wieder Extra-Schichten mit dem Kärcher eingebrockt, um die steinernen Wegplatten zu säubern. Am Ende des Tages blieb also ein brutal gemetzelter Baumstrunk übrig. Meine Tochter Lisa stand mit einer Freundin in der Küche, betrachtete das Schlachtfeld und sagte:

„Schau, jetzt hat der Papa die Birke umgeschnitten!" Da biegt meine jüngere Tochter Hannah Leo Sonnberger um die Ecke und faucht ihre Schwester an: „Das war nicht der Papa, das war der Gärtner!"

Opi und die Uhr. Meine wunderbare Frau hat mir zu unserer Hochzeit diese ganz besondere Uhr als Morgengabe geschenkt. Morgen – beim Kaffeesiederball – wird sie zum ersten Mal bei einem festlichen Anlass zum Einsatz kommen. Da freue ich mich gleich mehrfach. Erstens, weil ich endlich wieder unbeschwert und bandscheiben-elastisch mit Gabi swingen kann. Zweitens, weil mir der erste Vater-Tochter-Foxtrott mit meiner Tochter Lisa vorfreudig entgegenlächelt. Und drittens muss ich an meinen geliebten Opi denken, der verzweifelt versuchte, seinem damals 5-jährigen Enkel mit so einer Uhr beizubringen, wie man die Zeit abliest. Und der Arme ist ganz kläglich gescheitert. Und hat mich trotzdem bedingungslos lieb gehabt. Opi, ich kann jetzt die Uhrzeit ablesen! Und wennst mir morgen von Deiner Wolke zuschaust, werde ich mein Champagner-Glas auf Dein spezielles Wohl heben!

Famos. Ich wünsch mir wieder mehr von den unglaublich grazilen und faszinierenden „alten" Worten zurück, die von den Sprachakrobaten der Zwischenkriegszeit so selbstverständlich jongliert wurden. Mein allergrößter Liebling ist „famos". Ich freu mich aber auch über „Sommerfrische". Oder „jemandem seine Aufwartung machen". Wenn schon ein Kostenvoranschlag, dann bitte als „Offert". Und wenn die Rechnung nicht bezahlt worden ist, wird sie „urgiert". Oder: Ein lieber Freund aus Deutschland war ganz überrascht, als ich einmal statt Krankenhaus den Begriff „Spital" benützte. Oder „Trottoir" statt Gehsteig. „Rendezvous" statt Date. „Mannequin" statt Model. Liste nur oberflächlich und absolut unvollständig. Wer zu meiner Nostalgie was beitragen will, ist herzlich willkommen.

Mein Freund Schas. In der Unterstufe des 2. Bundesgymnasiums Linz hatte ich einen sehr guten Freund, mit dem ich besonders gerne herumgeblödelt habe. Manfred Berger (Name geändert) heute Chef der Rechtsabteilung einer öffentlich rechtlichen Institution. Sein Vater war Vorstand in einem großen Industriebetrieb. Die Bergers waren eine wunderbar unkomplizierte Familie, frei von jedem Dünkel und auf eine unglaublich großzügige Art easy, dass sich oft die halbe Schulklasse dort versammelt hatte. Manfred und ich hatten uns wieder einmal in eine haltlose Blödelei verstiegen und uns dabei gegenseitig den Spitznamen „Schas" verabreicht. Sein Vater und er hatten den gleichen Tonfall und meldeten sich auch am Telefon genau gleich: „Grüß Gott, Berger!" mit sogar dem gleichen nach oben tendierenden SingSang. Eines Tages musste ich

Manfred dringend anrufen, weil mir schon wieder bei der Mathe-Hausaufgabe der totale Durchblick fehlte und am anderen Ende meldete sich das vertraute „Grüß Gott, Berger!", das von mir mit dem ebenfalls vertrauten „Seas Schas!" beantwortet wurde. Zur Antwort kam: „Na, i bin da oide Schas, i hoi da glei den jungen!" Zeitsprung. Schas heiratet. Ich bin eingeladen. Und nach dem großen Gelage an der Hochzeitstafel werden alle Freunde gebeten, eine Anekdote zu den Brautleuten zu erzählen. Ich bringe obige Geschichte. Darauf steht der Vater des Bräutigams auf, umarmt mich und sagt: „Jetzt samma per Du. Oba Schas sogst nimma zu mir. I bin der Manfred."

Oskar. Mit O. Der Vater meiner ersten Frau war ein höchst ehrbarer Taxi-Unternehmer, der jahrzehntelang standesgemäß mit Fahrzeugen der Marke Mercedes seine Kundschaft durch Wien chauffierte. (Er formulierte das so: „Heute hab ich den... gführt"). Jetzt ist er schon in Pension. Unvergesslich bleiben mir die ungezählten Gedanken-splitter, die einem Gehirn entsprangen, das unausgelastet stundenlang auf Standplätzen vor sich hin grübelte. So zum Beispiel die Erkenntnis, dass schlimme historische Figuren alle ein „O" im Namen trugen: NerO, NapOleOn, AdOlf Hitler... (Der Entdecker dieser Zusammenhänge hat den Vornamen Oskar ...) Anfang der 90er begab es sich, dass drei meiner schönsten Werber-Jahre starteten (bei Ogilvy in Wien). Zu den Annehmlichkeiten des Jobs zählte ein Firmenwagen der Marke Mercedes. In unschuldigem Weiß gehalten. Stolz fuhr ich vor dem Kindergarten vor, um meine damals 5 – jährige Tochter abzuholen, der ich schon am Telefon eine Überraschung angekündigt hatte. Wir tänzelten aus dem Gebäude, trafen beim frisch gewaschenen Auto ein und ich protzte mit den Worten: „Schau Schatzi, was Dein Papa für ein tolles neues Auto hat!" Und Lisa antwortete: „Ein Taxi?"

Gerüche. „Gerüche sind oft wie platzende Blasen der Erinnerung aus der Tiefe der Zeiten. Den Geruch einer Person modifizieren, das geht schon ans Leben." (Doderer/Strudelhofstiege) Gerade in der vorweihnachtlichen Zeit ist von Gerüchen ganz besonders oft die Rede. Der Geruch von Keksen, von Glühwein, Punsch, ja sogar von Weihrauch. All das steigt einem real, gefühlt und ersehnt in die Nase. Mir sind Gerüche enorm wichtig. Sie sind meine ständigen Begleiter. So wie Doderer schreibt, sie sind platzende Blasen aus der Tiefe der Zeiten. Ich kann keine Herbstwanderung unternehmen, ohne beim Geruch von Fallobst ans Bundesheer zu denken und wie wir im Nebel durch die feuchten Wiesen gerobbt sind und sich nachher der Geruch der Mostbirnen in den Uniformen verfing. Oder: Als Dior den Herrenduft „Fahrenheit" herausbrachte, MUSSTE ich diesen Duft haben. Weil ich den Markennamen einfach so megacool fand. Man kann einfach einen Herrenduft nicht Celsius oder Reaumur nennen, aber Fahrenheit ... Und obwohl ich anfangs den Duft an mir überhaupt nicht ertragen konnte, hab ich mich durchgerungen. Positives Feedback aus der damalig weiblichen Umgebung war mein Incentive. Aber als Boss das „grüne" Boss herausbrachte, wars um mich geschehen (und ist es bis heute). Ich liebte den Geruch meiner Babys, wenn ich sie frisch gebadet Haut an Haut an mir spürte. Ich liebte den Geruch des Schweinsbratens, den meine Mutter aus dem Rohr holte und noch heute bemühe ich mich, diese olfaktorische Sensation so gut ich es eben kann, nachzubauen. Ich mag es, wenn man sich riechen kann. Dieser nonverbale Konsens, der in der Luft liegt, und einem sofort signalisiert: Hier bin ich richtig. Ich kann ohne die betörende Aura, die aus dem Nacken meiner Frau aufsteigt, keinen Tag mehr anfangen.

Vielleicht reicht es schon, wenn wir alle uns einfach ein bisschen mehr bemühen, symbolisch und real besser zu riechen. Damit wir alle einander besser riechen können und der Duft der Menschlichkeit in kleinen Flacons für uns alle verfügbar ist.

Kreisky. Zu den Erinnerungen, von denen ich hoffe, dass eine gnädige Demenz sie mir belassen möge, zählen meine eineinhalb Stunden mit Bruno Kreisky. 1981. Ich war in meinem Studium recht gut vorangekommen und hatte mein immer schon großes Interesse für Außenpolitik in einen Themenvorschlag für meine Dissertation gekippt: „Demokratisierung der österreichischen Außenpolitik." Hintergrund dafür: Spätestens seit seinem Amtsantritt als Bundeskanzeler hatte der vorher schon als Außenminister erfolgreiche Bruno Kreisky die österreichische Außenpolitik in seine klugen Hände genommen bzw. für sich kassiert. Dies führte zu einer de facto Kaltstellung nicht nur aller unter ihm amtierenden Außenminister, sondern auch des Parlaments. Zugleich wurden dem kleinen Österreich grandiose Momente der Bedeutung auf dem Silbertablett serviert. Oder manchmal halt auch auf dem Pappteller, wenn Kreisky wieder einmal einen seiner unergründlichen Ausritte hatte und sich mit Diktatoren zweifelhafter Provenienz traf. Kreisky hatte die Kategorie des strukturellen Grants in die Politik eingeführt. International war es die Zeit, als Willy Brandt in Deutschland und Olof Palme in Schweden große Spuren zogen (oder diese Spuren im Abglanz ihrer Pioniere noch immer strahlten). 1981 hatte ich es mithilfe gütiger Professoren und deren Interventionen nach Monaten geschafft, ein Privatissimum mit Kreisky zu ergattern. Er war in seiner letzten Legislaturperiode und schon sehr krank. Wir saßen zu zweit in dem berühmten Arbeitszimmer am Ballhausplatz, zwischen uns dieses nach damaligen Verhältnissen beeindruckende Telefon-Switchboard mit den programmierten Tasten zu den damals Mächtigen der Welt. Kreisky machte sich keine Mühe, seine Usurpation der Außenpolitik zu rechtfertigen und stellte klar, dass er es halt am besten könne, weshalb sollten dann andere an das heikle Thema ran? Und er eröffnete mir einen sehr direkten und zornigen Blick auf die Schulpolitik, in der es aus seiner Sicht den Konservativen aus allen Lagern gelungen war, das Schulfach Politische Bildung zu verhindern. Dass 66% der Österreicher damals meinten, ER Kreisky würde die Außenpolitik „machen", erschien ihm nur als reale Bestätigung der normativen Kraft des Faktischen. Wie von ihm am Beginn des Gesprächs angekündigt, war er sehr müde, und die Schmerztabletten machten ihn immer wieder schläfrig, sodass er ab und zu einen kleinen Sekundenschlaf einlegte, aus dem erwachend er ansatzlos dort weiterredete, wo er aufgehört hatte. Ich war im siebenten Politologenhimmel angekommen und zehre noch heute von dieser Sternstunde. Das Schicksal wollte es, dass ich eine Woche später auch einen Interview-Termin mit dem damals amtierenden Außenminister erhascht hatte. Er hatte meine Frage, was er davon halte, dass 66% der Österreicher der Meinung wären, Kreisky mache die Außenpolitik selbst, missverstanden. Seine Antwort war: „Na ja, 66% sind wahrscheinlich noch zu wenig. Ich glaube, Kreisky macht durchaus 75% (!) der österreichischen Außenpolitik!" Das war tatsächlich ein Tausend-Gulden-

Schuss, auf den zu hoffen ich nicht gewagt hatte. Durch eine Serie von nicht-politologischen Ereignissen konnte ich die Dissertation zu diesem Thema nicht abschließen, sondern erst mit einer Arbeit über die österreichische Sozialpartnerschaft. Aber das ist eine andere Geschichte.

Alibert. Wahrscheinlich wurde dieses Monster eines Badezimmermöbels von einem stalinistischen Designer entworfen, um den Westen beim Zähneputzen zu demoralisieren. Ich hatte einen Alibert. Er war sicher das „modernste" Utensil in meiner Studentenbude. Mein damals bester Freund mit Spitznamen Happy hatte auch einen. Wir waren am Publizistik-Institut bekannt als Happy und Sunny. Traten grundsätzlich immer nur paarweise auf. Schrieben Seminar-Arbeiten gemeinsam. Diverse Duo-Auftritte als Zeitungs-Kolporteure, Fremdenführer und Heurigensänger. Ungezählte Besäufnisse zu zweit. Dann war es halt notwendig, dass der eine beim anderen über Nacht bleiben musste, weil der Heimweg zu beschwerlich geworden wäre. Und für solche Fälle hatten wir im jeweils anderen Alibert eine Grundausstattung in Form von Zahnbürste, Rasierzeug und Deo gelagert. Sehr praktisch. Bis ich einmal eine Dame meines damaligen Herzens zu mir nach Hause bezirzen konnte. Als sie die zweite Zahnbürste im Alibert entdeckte, verließ sie nach Ausstoßen eines spitzen Schreis und unter Mitnahme rasch zusammengeraffter Kleidungsstücke grußlos meine Wohnung. Es war nur ein schwacher Trost, dass Happy kurz danach ein sehr ähnliches Erlebnis hatte. Diese Katastrophe wurde nur noch dadurch getoppt, als meine von Herzen geliebte platonische Freundin Sylvia in meinem Alibert Abschmink-Utensilien gelagert hatte und es für dieses belastende Material gar keine mildernden Umstände mehr gab. Die Zermürbungs-Strategie eines finsteren Moskauer Agenten war vollkommen aufgegangen. Die Karriere-Option als promovierter Verschwörungs-Theoretiker habe ich trotzdem nicht in Erwägung gezogen.

Landung in Wien. Andocken am Finger zum Gate. Jemand in meiner Nähe sagt: „I vasteh ned, warum die nua den vordern Ausgang aufmochn!" Gegenfrage: Tuat sofü Bledheit net fuachboa weh?

Mit 17. Da war ich zum ersten Mal in diesem Leben ganz tief drin in meinem Herzen verliebt. Es war das Resultat einer dummen-Buben-Wette. Ein paar meiner Klassenkameraden und ich hatten uns mit gefälschten Tanzschulausweisen Zutritt zur Wochenend-Disco der damals angesagtesten Linzer Tanzschule verschafft. An einem der Abende im Halbdunkel der Illegalität fiel uns eine Schönheit am Nebentisch auf, die uns reichlich unerreichbar schien. Kurt rempelte mich an und stellte mir einen Gin Tonic in Aussicht, wenn ich es schaffen würde, die breathtaking beauty auf die Tanzfläche zu schleppen. Auf meinen ersten Versuch reagierte sie mit „Jetzt nicht. Später" was einer höflichen, aber klaren Absage gleichkam. Höhnisches, aber nicht unerwartetes Grinsen an meinem Tisch. Eine halbe Stunde später steht sie vor mir und fragt: „Jetzt?" Offene Kinnladen allerorten. So fing es an. Ein langes Leiden. Die Hauptmieterin meines Innenlebens entpuppte sich als Ausbund der Unzuverlässigkeit. Wartezeiten bis zu einer halben Stunde waren ganz normaler Standard. Eine Stunde des Wartens durchaus im Bereich des Üblichen. 1975. Ein Leben ohne Handy. Kein Mobiltelefon. Kein sms. Nicht einmal ein Pager (wer das noch kennt, ist im Pensionssystem auch kein Unbekannter mehr). Und doch ist sie immer wieder aufgetaucht. Einfach so. Zwei Jahre später beim Bundesheer. Eine andere Angebetete. Ein anderes Problem, gleiches Leiden. Die Ausbilder machten sich einen Sport daraus, unsere Abendplanungen durch überfallsartige Übungen zu torpedieren. Kinobesuche, harmlose Verabredungen oder auch amouröse Highlights – völlig unberechenbare Phantasien. Und auch 1977 keine Tools für schnelle Kommunikation. Irgendwie hat alles trotzdem geklappt. Oder auch deswegen. Ein geheimnisvolles Prickeln lag über jedem Wunsch und seiner Realisierung. Man musste bei den Rendezvous miteinander reden, bevor das Schmusen begann. Und man schrieb Briefe. Briefe! Die endeten im Geschäftsleben noch mit „Mit freundlichen Grüßen" statt mit MfG bei Mails oder smsen. Keine Emoticons! Man musste Gefühle in

Worte kleiden! Und Ironie war eine feine Klinge. Mit Wort-Akrobatik und Bildern im Kopf. Nun ja. So war das. Damals. Es blieb genug übrig, das zu lernen sich lohnte. Nie wieder auf ein Herzblatt eine Stunde zu warten, verdanke ich einem gestärkten Selbstbewusstsein, einem Handy, das eindeutige Emoticons des Missvergnügens zu senden imstande ist und meiner wunderbaren Frau, die mich noch nie auf eine solch unwürdige Probe gestellt hat. Und trotzdem/zugleich nehme ich mir jetzt vor, im neuen Jahr wieder ein paar handgeschriebene Briefe zu verschicken. Mit Füllfeder verfasst. Und ganz viel Liebe. Fühlt sich gut an.

Was FlugbegleiterInnen so denken. Sehr geehrte Fluggäste, mein Name ist Jacqueline Mooslechner, mein Team und ich freuen uns, dass wir Sie auf dem kurzen Flug nach Hamburg betreuen dürfen. Wir sind vor allem für Ihre Sicherheit da. (Geh bitte, wegen der Stund muass I Euch Schlofmützn jetzt erklären, wie man die Gurte auf und zu macht.) Alle Fluggäste an den Notausstiegen verstauen ihr Handgepäck bitte ausschließlich im Gepäcksfach. (Jetzt geh ich zu der Alten auf 10C und reiß ihr den Kosmetik-Koffer aus den Schrumpelhänden, die drei mal geliftete Oligarchen-Tussi). Bitte bleiben Sie während Start und Landung sitzen, bis wir das Anschnall-Zeichen abschalten. (Naaa, genau jetzt steht der Typ auf, weil er sein deppaten Laptop net auspackt hat). In wenigen Minuten servieren wir Ihnen heiße Getränke und einen Gratis-Snack. (A Wahnsinn, der Kaffee is anbrennt und der Muffin is vom Flug nach Düsseldorf vorgestern überblieben. Eh wuascht, die san eh so miad, merkn eh nix.) Süß oder sauer, Hühnchen oder Käse? (Du solltest besser goa nix essen, passt ja ned amal in Sitz rein, unglaublich, wen die vom Bodenpersonal in die Fußfrei-Sitze buchen!) Darf ich für die Kleinen ein Malbuch bringen? (I füacht mi schon, wenn die Gfraster bei der Landung wieder plärren und die Mami wieder nur unbeteiligt dreinschaut.) Bitte schalten Sie nun alle mitgebrachten Elektronikgeräte aus oder in den Flugmodus. (He Du da auf 27F, ausschoiten hob i gsogt, so wichtig kann des blede Powerpoint Gschisti Gschasti doch ned sein. Hättst hoid daham a bissl mehr anzaht.) Wir bedanken uns, dass Sie mit uns geflogen sind, wünschen Ihnen einen schönen Aufenthalt und vor allem eine sichere Heimreise. (Dir ned, Du Spanner auf 3D, beim Trankl-Austeilen host ma in mein Ausschnitt gstiert, dass die Tür ned zuageht!).

Meine Nazis. Meine ganze Kindheit und Jugend hindurch waren immer wieder unverbesserliche oder ehemalige Nazis an wesentlichen Wegmarken. Der Onkel meiner Mutter, der schon in der Dollfuß-Zeit die weißen Stutzen (das Erkennungszeichen der „Illegalen") trug. Er war ein rührend liebevoller Ehemann und Vater. Und ein Antisemit mit Schaum vorm Mund. Zu meinen Geburtstagen schickte er mir immer Päckchen mit „Lausbuben-Utensilien": Extra scharfe Taschenmesser, Steinschleudern, Schnüre, Mausefallen. Ein Paradies, das regelmäßig von meinen Eltern perlustriert und konfisziert wurde. Er hat mich immer wieder zu ganz tollen Bergwanderungen mitgenommen. Auf seinem Rücken trug er mich als kleinen Buben durch reißende Wildbäche. Und die Sonnenaufgänge um 4 Uhr werde ich nie vergessen. Die Lieder, die er dabei sang, klangen in meinen Ohren von sehr weit weg. Dann fing er an, mir Revanchistenliteratur zu schicken und ich wollte keinen Kontakt mehr mit ihm. Mein Großvater mütterlicherseits. Ein Nazi-Mitläufer und durch und durch unmutiger Mann. Bis zu seinem Tod ließ er sich immerhin das Hitler-Bärtchen stehen. Er erhielt das große Goldene Verdienstkreuz für Verdienste um die Republik. Wer den Krieg in Wahrheit angefangen hatte, wusste er bis zum Schluß ganz genau. Der Hausverwalter in unserer Siedlung in Linz. Er war bei der SS und in Stalingrad. In der Nazizeit war er Turnlehrer. Nach dem Krieg mit Berufsverbot belegt. Er verehrte meine Mutter. Saß stundenlang bei uns und rührte in seinem Kaffee. Eines Tages erzählte er unter lautem Schluchzen, wie schlimm es in Stalingrad gewesen war. Dann fiel sein Blick auf unsere Obstschüssel und die Jaffa-Orangen. Er sagte zu mir: „Die sollst Du nicht essen!" Da hat ihn meine Mutter rausgeschmissen. Der Magazineur (herrliches altes Wort für Verwalter) im Betrieb meiner Omi. Einer der schlimmsten Unverbesserlichen. Er hatte seine hündische Ergebenheit zu seinem Führer direkt gegen die Sklaverei bei Omi eingetauscht und musste wochenendliche Frondienste als Chauffeur und Gärtner ableisten. Auch er wusste ganz genau, wer den Krieg begonnen hatte. Ein Professor in meinem Gymnasium. Bei mündlichen Prüfungen ließ er seine Opfer zur Tafel antreten und achtete genau auf den gebührenden Abstand zu seiner Person: „Drei Schritt vom Leib nach altgermanischer Lebensregel!" Er hielt lange Ansprachen über die Niedertracht der Sozialdemokraten. Noch lange nach seiner Pensionierung sah man ihn halblaut räsonierend die Linzer Landstraße auf und ab marschieren. So gab es noch einige. Wenn ich nicht so ordentliche Eltern gehabt hätte ...

Haarspaltereien. Der dritte Tagesanfang in einer Woche am Flughafen Wien. Zeit, um durch das Milchglas der Verschlafenheit ein bissi den Menschen zuzuschauen. Da gibt es diese spezielle Mode für Fitness-Center-gestählte Damen um die 50, die diesen Damen das Gefühl geben soll, sie würden Kleidung tragen, die Damen um die 30 anziehen. Nur dass die das nie tun würden. Oder auch Herren-Frisuren sind eine nie versiegende Quelle der Heiterkeit. Der Autohändler – auch Anfang 50 – mit seiner Begleiterin in der hautengen Lederjean, der seine 17 verbliebenen Fransen des Haarkranzes verwegen bis zur Schulter strapaziert. Die Amerikaner sagen zu solchen Anstrengungen sehr treffend zum Beispiel „He's sporting a moustache...". Da fällt mir der unvergessliche Ephraim Kishon ein – ein ebenso verlässliches Generations-Erkennungsmerkmal wie die Kenntnis ganz bestimmter Figuren der Fernseh-Gutenacht-Geschichten. (Der gute TouTou zum Beispiel...) Kishon verfasste die Geschichte des Tagebuchs eines Haarspalters, in der ein Mann das gnadenlose Fortschreiten seiner Verglatzung beschreibt. Unvergessliche Dramatik. Zum Beispiel: „Ich kämme jetzt mein Haar so raffiniert von vorne nach hinten, dass es aussieht, als wäre es von hinten nach vorne gekämmt. Dieser kleine Trick wird nur im Schwimmbad sichtbar, wenn meine Haare nass sind und an den Schultern kleben." Oder er gibt seinen letzten getreuen Haaren Namen. „Abigail wird grau." Oder: „Nun ist mir nur noch Jossele geblieben. Mein Friseur schlug mir vor, ihn im Sinne einer kräftigen Wiedergeburt abzurasieren. Ich lehnte das entrüstet ab. Statt dessen gönnte ich ihm ein Chlorophyll-Shampoo und legte ihn im Zickzack über meinen Kopf. Er soll so viel Platz haben, wie er braucht." Tragisches Finale: „Jossele ist nicht mehr. Er verfing sich im Innenleder meines Huts und wurde samt der Wurzel ausgerissen. Ich werde mich wohl damit abfinden müssen, dass ich Hang zur Kahlköpfigkeit habe." Dem ist nichts hinzuzufügen.

Kontinuität. Einige Menschen, die mir in meinem Leben ganz besonders viel bedeuteten, haben mich über etliche Jahre hinweg immer wieder darauf hingewiesen, wie wichtig es sei, auf Kontinuität zu achten. Aus heutiger Sicht ahne ich, was sie damit gemeint haben könnten. Nicht die unhinterfragte Fortsetzung des Bestehenden, sondern die Existenz eines Referenzrahmens, der einen grundsätzlichen Kompass für die Generalrichtung liefert, in der man sich bewegen will. Sehr lange war mir das in diesem Sinn nicht klar. Und dann habe ich einem sehr wörtlichen Verständnis von Kontinuität folgend mit Leidenschaft und enormer Leidensfähigkeit in die blinde Fortschreibung existierender Verhältnisse und Muster investiert. Vom Irrglauben, dass die übernommene Firma in einer Fusion ihre Wesenszüge behalten könnte, über menschliche Beziehungen bis zu beruflichen Perspektiven, die der Wirklichkeit nicht standhielten. Man kann so eine Orientierung durchaus zur Perfektion treiben, mit großer Sportlichkeit tote Gäule reiten und auch noch glauben, die Landschaft zöge an einem vorbei. Mit heute heiterer Kritik denke ich an meinen 50er, bei dem ich ernsthaft glaubte, ich stünde kurz davor, meinen Traum eines Coaching-Hauses zu realisieren. Ein „echtes" Haus, in dem Coaches verschiedener Disziplinen arbeiten und ich würde die KlientInnen passend zu deren Anliegen meinen Kollegen „zuweisen" (und selbstverständlich auch mich mit meinen eigenen Schwerpunkten mit einbringen). Beim Schreiben merke ich, wie sehr mich diese Idee immer noch juckt, gleichzeitig habe ich in der Zwischenzeit verstanden, dass es dieses physische Haus nicht geben wird. Statt dessen genieße ich es, mit einem losen Netzwerk von Top-Profis zu kooperieren, ohne um deren Auslastung besorgt sein zu müssen.

Auf die Gefahr des Kalenderspruchs: Tatsächlich – nix ist fix. Ich habe auf Kundenwunsch ganz konkrete Seminare entwickelt, die ich für diesen speziellen Kunden kein einziges Mal gehalten habe.

Zugleich gehören genau diese Seminare zu den am häufigsten gebuchten bei der Mehrheit meiner Auftraggeber. Beim Rasenmähen in Klosterneuburg war mir nicht klar, wie glücklich ich einmal in einer wunderschönen Altbauwohnung im 7. Bezirk sein würde. Und während der gefühlt hundertjährigen Pubertäten meiner Kinder war die Vorstellung der heutigen Augenhöhe mehr als out of reach. Mit Anfang 40 war mein Plan, möglichst rasch so viel Geld zu verdienen, dass ich möglichst früh mit dem Arbeiten aufhören könnte. Gestern hatte ich ein sehr inspirierendes Gespräch in Hamburg und habe mich so sehr gefreut, wieviel Lust ich aus der Arbeit ziehen kann. Dass das Pensionssystem ohnehin ein frühes Aufhören für einen Einzelunternehmer ausschließt, ist einem in solchen Momenten wurscht. Der einzige Fixpunkt in all den Beweglichkeiten: Ich weiß ganz tief in mir drin, wo ich zuhause bin und dass ich dort daheim bin. Daran ändere ich nichts mehr.

Gefährliche Aura. Ich muss dringend an meiner Aura arbeiten. Bin grade in Hamburg zu einem Taxi gesprintet, das an einer Kreuzung in der Nähe der Messe stand. Und der Fahrer war ganz verunsichert, ob ich eventuell auf der Flucht wäre. (Ganz in der Nähe ist das Gefängnis für

Untersuchungs-Häftlinge.) Nun sind wir bei meinem Hotel angekommen und der Fahrer ging unter einem Vorwand mit mir rein. War erst beruhigt, als die Dame an der Rezeption mich freundlich begrüßte. Noch mal Glück gehabt ...

Loyalität. Heute habe ich einen ganz besonders liebenswerten Freund aus meinem Werber-Leben getroffen. Er bewältigt heute einen unglaublich herausfordernden Job und ich bin ganz ehrfürchtig, wie gut er das macht. Beim Essen haben wir über wesentliche Zutaten einer gelungenen beruflichen Partnerschaft geredet. Während wir sprachen – und jetzt, im Nachklang umso mehr – ist mir klar, wie sehr sich alles um Loyalität dreht. Jedenfalls in meinem Leben. Aus meiner Sicht ist es erheblich lustvoller, mit jemandem zusammenzuarbeiten, mit dem die Schnittmenge der Gemeinsamkeiten größer ist, als die Unterschiede. Der aus der Physik stammende Leitgedanke der sich anziehenden Gegensätze ist – zynisch betrachtet – meine Geschäftsgrundlage als Coach. In ungezählten Fällen musste/durfte ich ausrücken, um heillos zerstrittene Führungs-Teams wieder alltagstauglich zu machen. Netto-Erkenntnis: Der Begriff GF-TEAM ist oft ein Widerspruch in sich. Loyalität war und ist mir unendlich wichtig. Privat genauso wie beruflich.

Mein Vater, der ein sehr schwieriges Leben führte, hat sich mit dem Vater-Sein sehr schwer getan. Seine Sternstunden

hatte er immer dann, wenn er zu seinen Söhnen stand –
auch dann, wenn er selbst viel lieber das Gegenteil von
dem getan hätte, was seine Jungs für richtig hielten. Loyalität könnte heute sowas sein wie das, was in der Vergangenheit als Treue geschändet und missbraucht worden ist.
Sie ist die schöne und aufregende Schwester des Vertrauens.
Macht Mut. Gibt Sicherheit und Ausdauer. Lässt Kreativität
und spielerisches Lernen zu, weil ihre Nutznießer angst-
frei agieren können.

Plato. Gestern hat mich ein sehr kluger Freund mit einem
Plato-Zitat beschenkt. Auf die Frage, warum man sich in
der Politik engagieren soll, hat Plato geantwortet: „Damit
man nicht von Dümmeren regiert wird."

Ganz ehrlich: Das Beste, wenn die Kids erwachsen sind
ist, dass man zu Weihnachten nicht mehr den Rest des
Abends mit gaaaanz komplizierten elektrischen Bauanlei-
tungen für Fahrzeuge aller Art verbringen muss. Eine
Flasche Brunello und die Bewältigung des Verdauungspro-
zesses im Kreis der Liebsten reichen vollkommen.

Urli. Sehr gscheit. Als wir in Österreich vor mehr als 20
Jahren über den Beitritt zur EU abstimmten, hat die
Urgroßmutter meiner Kinder gesagt: „Sagt mir, wie ich

abstimmen soll, es geht um Eure Zukunft und ich will, dass es Euch gut geht!" Und dann hat sie in unserem Sinn mit Ja gestimmt. Jetzt bin ich grade in Düsseldorf gelandet und musste nach dem Verlassen des Flugzeugs meinen Pass herzeigen. Fühlt sich – ganz ehrlich! – einfach nur Scheiße an.

Cremissimo. Von den vielen Kampagnen, die ich in meiner Werber-Zeit betreuen durfte, sind ein paar sehr gut gelungen, ein paar waren OK und – zum Glück – wenige waren wirklich schlecht. Geblieben – nachhaltig geblieben – ist von all dem genau gar nichts. (Das ist wohl ein Thema, mit dem sich viele im Kommunikationsgeschäft auseinandersetzen müssen.) Eine Kampagne allerdings war die allerschlechteste. Und von der ist Gott sei Dank wirklich gar nichts geblieben. Außer in meinem Gedächtnis, wo ich mich ab und zu immer noch ein bissi schämen muß. Mitte der 90er-Jahre betreuten wir in der APL den Cremissimo-Etat. Eine Marke, die mich lange verfolgt hatte, schon als kleines Assi-Würstchen hab ich alle Sünden an ihr abgebüßt. Alle? Offenbar nicht. Denn Gott will, dass ich nochmals ordentlich leiden muss. Der Kunde brieft uns 20 Jahre nach Produkt-Einführung darauf, dass wir über die Marke Cremissimo erzählen sollen, dass das Eis so CREMIG ist. Alle Versuche, darauf zu verweisen, dass das ja nun schon seit 20 Jahren auf der Packung stünde und die Menschen bei Gruppendiskussionen nicht einmal mehr die Geschmacksrichtung benennen, weil ihnen zum Eis nichts anderes als cremig einfällt, scheitern. Der Product-Manager, der leider erst nach dieser Campagne erkannte, dass sein wahres Talent im Non-Profit-Bereich schlummert, verlangt mit angehaltener Pump-Gun den Albtraum jedes Werbers, dem nichts mehr einfällt: Testimonials. Und der Marketing-GF setzt noch eins drauf. Bei den selbstverständlich ganz spontanen Testimonials müssen 60% cremig sagen, 20 % dürfen die Geschmacksrichtung loben und der Rest is eh wurscht. In unserer Not engagierten wir einen der humorbegabtesten und besten Regisseure des Landes. Seinen Namen verschweige ich, ich will seinen guten Ruf nicht beschmutzen. Und es wurde genau das Desaster, das alle kommen sahen. Ein unfassbar gekünstelter, unnatürlicher aber sehr cremiger Schas. Zur allgemeinen Überraschung war die Marktforschung geradezu begeistert. So viel zur Marktforschung ...

Nun ja, der Kunde, der uns diesen Irrsinn eingebrockt hat – und wir haben es zugelassen! – hat uns zur Belohnung gleich nach dem dritten Airing mitgeteilt, dass er den Etat nun ausschreiben wird. Auf internationalen Druck sind wir zu diesem Watschentanz hingegegangen, haben uns lustvoll eine unglaubliche Sauerei geleistet und sind hochkant rausgeflogen. Wie gesagt, manchmal ist es gut, dass Werbung nicht so recht nachhaltig ist. Und mit meinem Gedächtnis wird das irgendwann der Alzheimer in Ordnung bringen. Hauptsache, cremig.

Dr. Ernst Zekely. 1935-2014. Sitze am Gate für den Flug von Hamburg nach Wien. Und denke an meinen späten Freund Ernst Zekely. Bis kurz vor seinem plötzlichen Tod im vergangenen Jahr habe ich ihn immer wieder am Hamburger Flughafen getroffen. Fast verschwunden hinter einem Wust von Zeitungen, so wie früher in der Lintas. Ernst und mich verbanden ein paar Gemeinsamkeiten, die wir zum Glück früh genug entdeckten, nachdem wir eine Weile unsere Unterschiede lustvoll zelebriert hatten. Eine der Schnittmengen war der Hang ins Strukturkonservative. Wenn es einmal wo passt, dann ändern wir nichts. Deshalb flog Ernst auch 30 Jahre nach seinem Abgang aus Hamburg an die Elbe zum gewohnten Zahnarzt (!). Und wie eh immer vertrieb er sich die Zeit mit exzessivem Zeitungslesen. Wie damals in der Lintas, als er in seinem großen Büro mit dem Gesicht zur offenen Tür in eine Zeitung vertieft an seinem Schreibtisch saß. Ernst hatte links seit einem Unfall in seiner Jugend ein Glasauge. Und einer seiner Mitarbeiter – wollen wir ihn Mayer nennen – wähnte sich im vermeintlich toten Blickwinkel in Sicherheit und drehte vor der offenen Tür dem guten Ernst ein paar Grimassen. Bis er von drinnen einen schneidenden Zuruf ausfasste: „Mayer, es ist das falsche Auge!" Sein Handicap nutzte er durchaus weidlich. In langweiligen Meetings pflegte er den Kopf aufzustützen und legte die Hand über das aktive Auge, um ein kurzes Nickerchen einzulegen. Das Glasauge blieb offen und simulierte Aufmerksamkeit. Ernst zelebrierte eine rabiate Bedürfnislosigkeit. Zum Kunden nach Salzburg fuhr er prinzipiell mit der Bahn 2.Klasse. Beim Kunden, der um seine Eigenheiten wusste, packte er die Reste der Besprechungs-Verpflegung, die extra reichlich aufgetragen worden war, beutesichernd in seine Aktentasche, um sie auf der Heimfahrt zu genießen. Er konnte im entscheidenden Moment auch sehr großzügig sein. So hat er uns zwei Jahre nach seiner Pensionierung einen Weihnachtsmann-Auftritt auf unserer Weihnachtsfeier geschenkt, bei dem kein Auge trocken blieb. Seiner eigenen – glaubwürdigen – Auskunft zufolge hat er sich bei seinen fast 10 Jahren Schwerarbeit nach seinem Ausstieg in Wien im fernen Russland einen ihm bis dahin fremden Zug ins Väterliche zugelegt. Der wurde durch seine entzückende Liebe zu seinem Enkelkind gekrönt, von dem er mir in Hamburg immer vorschwärmte. Der lustvoll praktizierende Misanthrop war zum bekennenden Opa geworden.

Der Hl. Demens –
Schutzpatron der Vergesslichen.

Zuhören. Nachdenken. Handeln.
Anders als bisher. Bevor der Schmerz zuschlägt.

Angst verhält sich zu Furcht
wie Mut zu Tapferkeit.

Komfortzonen sind bequem möblierte
Gefängniszellen. Irgendwann schmeißt jemand von
außen die Tür zu und den Schlüssel weg.

Taxi in Hamburg. Manchmal lebt es sich unglaublich schön als Coach! Begrüßung morgens in Hamburg. Die Kundin sagt: „Du riechst so gut!" (Der Start könnte durchaus auch schlechter ausfallen). Dann einen intensiven ergebnisreichen Tag mit einem beherzten Team verbracht. Dann Taxi zurück zum Flughafen. Eine halbe Stunde durchgelacht. Der Taxifahrer erzählt mir mit Hamburger Schnoddrigkeit sein halbes Leben. 3 mal in der Schule sitzen geblieben. Mit 20 die mittlere Reife. Eine Lehre zum Baumschulgärtner. Abgebrochenes Studium der Landschaftsarchitektur. Umstieg ins Taxi Gewerbe. Dazwischen regelmäßige Beschwerden und Androhung ungeregelter Preiserhöhung, weil ich ihm aus Wien keinen Apfelstrudel mitgebracht hab. (Ich seh ihn heute eh erst zum ersten Mal). Dann erzählt er mir, dass er nächstes Jahr die Ausbildung zum Psychotherapeuten machen wird. Und er hat auch schon ein Geschäftsmodell: Therapie-Taxi!!! Blitz-Therapien in der Dauer einer Taxi – Fahrt. Wir hätten uns ja noch so viel zu sagen gehabt! Am Freitag bin ich wieder in Hamburg, dann erzähl ich ihm mein Leben. Hoffentlich gibt's Stau!

Uneinholbar. Ende der 80er-Jahre. Einladung zum Pitch beim Steirischen Tourismus-Verband. Das übliche Gespräch beim Briefing vor Ort. Ich stelle die unvermeidliche Schluss-Frage an den Werbeleiter: „Bitte sagen Sie uns in einem Satz: Was ist das Besondere an der Steiermark?" Antwort: „Wir sind uneinholbar hintennach. Während alle anderen Regionen in den 70ern die Landschaft zubetonierten, haben wir diesen Trend verschlafen. Und deshalb sieht es jetzt bei uns so schön aus." Aus falschem Stolz haben wir diese Jahrhundert-Aussage nicht einfach genommen und einen Claim daraus gemacht: „Uneinholbar hintennach." Und dann haben wir eben zurecht auch nicht gewonnen.

Marillenknödel im Krieg. Es war die Zeit der grauenhaften Kriege auf dem Gebiet des ehemaligen Jugoslawien. Wir hatten bei APL einen guten Lauf. Network-Kunden vertrauten uns lokale Aufgaben an. So auch Iglo. Zusätzlich zum sogenannten „aligned business" erhielten wir den Etat der nur in Österreich produzierten Tiefkühlkost. Der zuständige Marketing-Verantwortliche war Italiener und mühte sich redlich, das Mysterium von tiefgekühlten Marillenknödeln zu erforschen. Ein TV-Spot musste her. Es sollte ein „product-porno" werden – ganz fokussiert auf Zutaten und appetite appeal. Es gab ganz wunderbares Vokabular dafür. Den „moment of appreciation" oder den „mouthwatering effect". Die Dinge schreiten voran und wir befinden uns mitten im PPM (dem letzten wichtigen Meeting aller Beteiligten bevor die Dreharbeiten losgehen). Der Regisseur ist sichtlich ergriffen von der Bedeutsamkeit des Projekts und beschreibt gerade, wie sich ein drehendschwebender Marillenknödel in super slow motion mit

Bröseln überzieht. In diesem Augenblick wird mir von ganz tief drinnen ganz furchtbar mulmig. Und wie ferngesteuert stehe ich auf und sage: „Leute, ich kann nicht mehr. Während wir uns hier einen runterholen wegen schwebenden Marillenknödeln verrecken 500 km Luftlinie entfernt Tausende Menschen, werden Kinder ermordet und Frauen massenweise vergewaltigt. Ich brauche jetzt sofort eine Pause."

Und der Marketing-Verantwortliche – ein bisschen bleich im Gesicht – sagt: „Du hast recht. Komm, wir gehen jetzt eine Runde um den Häuserblock und rauchen eine." Das war der Beginn einer sehr respektvollen beruflichen Freundschaft. Und der Anfang vom Ende meines Reklame-Enthusiasmus.

Demokratie. Ganz OK. Zum empirischen Teil meiner Dissertation gehörte eine Zeitreihen-Untersuchung, in der ich das Selbst-Verständnis der Sozialpartner nach einem standardisierten Fragebogen erhob. Dabei habe ich Legenden wie Benya und Sallinger interviewt, neben weiteren 38 Mitgliedern der Paritätischen Kommission. Darunter auch den Chef des mittlerweile verblichenen Milchwirtschafts-Fonds. Er war seit 1957 in der Kommission und mit allen Wassern gewaschen. Schnell hatte er erkannt, dass der Fragebogen darauf aus war, die mangelnde demokratische Legitimation der Paritätischen Kommission zu beweisen. 17 Fragen. Nach Frage 5 fragt er mich:

„Trinkst gern a Müch? Brauchst sicha a Kroft zum Studian."
Er ruft seine Sekretärin herein: „Bring eina so an Karton
mit so Glasln wo draufsteht Milch OK." Vor mir ein Karton
mit 6 Milchgläsern. Frage 9. Er fragt mich: „Trogst gean so
Ti-Schörts? Wos hostn fia a Größ? X-Large?" Er ruft seine
Sekretärin herein: „Bring eina 6 so Ti-Schörts, wo drauf
steht Milch OK." Vor mir 6 T-Shirts. Frage 15.
Er sagt zu mir: „Muasst sicha fü schreibm, für die Dokta-
Oabeit. Mogst a poa Kuglschreiba?" Er ruft seine Sekretärin
herein: „Bring eina 6 so Ballograf-Kuglschreiba, wo draufsteht Milch OK." Vor mir 6 Ballograf-Kugelschreiber, 6
T-Shirts, 6 Milchgläser. Auf allen steht „Milch OK". Nach
Frage 17 fragt er mich: „Jetz sog söba: San mia demokra-
tisch oda ned?" Eh ...

Werner Unterlercher spielt Kontrabass. Im Herbert
Pixner Projekt. So einer wollte ich lange Zeit auch einmal
werden. In einer fast schon unanständigen Vorstellung
hatte ich mir Ray Brown, den unfassbar genialen Bassisten
des Oscar Peterson Trios als Role Model auserkoren. Ich
sah mich ganz dezent im Smoking im Hintergrund am
Bass zupfen, während der Pianist mit den Fingern nachdenken und der Drummer mit dem Besen das Schlagzeug
streicheln würde. Meine all time Lieblingsnummer:
Manhattan. Vor fast 30 Jahren habe ich mir out of the blue
einen Kontrabass gekauft. Ich transportierte ihn in meinem
Passat nach Hause, der Steg ragte durch das offene Schie-

bedach. Der wunderbare Alex Späth hatte mir Mut gemacht. Nach der ersten Stunde mit dem Lehrer kam ich mit fast 40 Grad Fieber heim – eine Megagrippe, drei Wochen krank. Das war's. Das wunderschöne Instrument stand jahrelang höchst dekorativ im Wohnzimmer, wurde ab und zu hilflos von mir bezupft und hat mich durch drei Umzüge und zwei Ehen begleitet, bis ich es meinem hochmusikalischen Bruder schenkte, der es endlich seinem wahren Wesen nach bediente.

Jetzt bebt immer noch der sensationelle Genuss in mir nach, den mir meine großartige Frau geschenkt hat: Herbert Pixner, dieser Kumulierer von Talent und Spielfreude bei seinem umjubelten Auftritt in Velden. Und ich bin sehr froh, dass ich Ohren habe, um zu hören. Und dass ich meine Frau umarmen darf. Und nicht einen Kontrabass.

Faust. Mit 17 habe ich den „Faust" gelesen (lesen müssen) und nichts verstanden. Mit 43 hab ich ihn wieder gelesen (freiwillig) und allerlei kapiert. Mit 57 geht er mir noch immer im Kopf und im Herzen herum. Der zentrale Deal in der Tragödie ist die Vereinbarung zwischen Faust und Mephisto, dass Mephisto Fausts Seele dann kassieren darf, wenn Faust zum Augenblick sagt „Verweile doch, Du bist so schön!" In einem Parforceritt sogar durch die gesamte griechische Mythologie (Faust II) hetzen Faust und Mephisto durch eine Serie hedonistischer Genüsse, mora-

lischer Exzesse, aber auch einiger gut platzierter Wohltaten. Dabei spürt man immer mehr, dass Faust und Mephisto eigentlich ein und dieselbe Person sind, in der Gut und Böse im ständigen Widerstreit liegen. (Jeckyll & Hyde). Am Ende eines langen und ereignisreichen Lebens begegnen Faust vier grausige Weiber (Mangel, Schuld, Not und Sorge). Sie können ihm nichts anhaben, nur die Sorge schlägt ihn mit Blindheit. Blind – aber eben auch unfähig, die Sorge wahrzunehmen – schaut er in sein Leben zurück und entdeckt eine akzeptable Bilanz: „Es kann die Spur von Deinen Erdentagen nicht Aeonen untergehen." Zu DIESEM Augenblick – eben nicht des hedonistischen Genusses, sondern der Erkenntnis eines sinnhaft geführten Lebens – sagt er „Verweile doch, Du bist so schön!"
Der voreilig triumphierende Mephisto hat verloren, denn: „Wer strebend sich bemüht, den können wir erlösen."

Abbitte. Vor 12 Jahren etwa um diese Zeit des Jahres saß ein Vater auf den Treppen zur Terrasse. Mit einem Glas Rotwein und einer Zigarette. Sein 10-jähriger Sohn setzte sich zu ihm. Er war für sein Alter viel zu groß. Und in seinem kleinen Herzen war eine große Angst. „Papa, in drei Wochen fängt das Gymnasium an, wie soll ich das angehen?" Und der Vater, der glaubte, seinen Sohn zu kennen, antwortete: „Schau, das ist im Grunde ganz einfach: Du lernst einfach jeden Tag genau das, was ihr in der Schule durchgenommen habt, dann kann es Dir nie zu viel werden und Du bist immer auf der richtigen Höhe."

Der Sohn ahnte bereits, dass er das nicht schaffen würde – es war alles viel zu logisch für ihn – bedankte sich aber trotzdem. Das Schuljahr fing an und viele weitere folgten und der Sohn wuchs nach oben und in seinem kleinen Herzen blieb die große Angst, weil er den Rat des Vaters nicht befolgen konnte. Der Vater hatte so viel um die Ohren, dass er nicht richtig hinhörte und schließlich war er ganz taub geworden für seinen Sohn.

Und der Vater ärgerte sich, dass der Sohn so schlechte Noten nach Hause brachte und vor allem darüber, dass sein wunderbarer Ratschlag offensichtlich in den Wind geschlagen worden war. Die beiden entwickelten sich immer weiter auseinander, bis es endlich den erlösenden Knall-Effekt gab, der beiden eine neue Richtung wies. Ein paar sehr gute Jahre fingen an und dauern bis heute an.

Gestern hat der Sohn seine Diplomarbeit für seine Ausbildung Toningenieur abgegeben.

Sie ist wunderbar geworden und in jeder Zeile spürt man sein mittlerweile großes Herz und auch seinen scharfen Verstand. Weil das Hören ist wichtig. Das Zuhören auch.

Bitte seien Sie achtsam.
Zwischen Wahrnehmung und Wahrheit ist ein Spalt!

Über den Autor.

Hannes Sonnberger, Jahrgang 1958, hat in Wien Politikwissenschaft und Publizistik studiert. Nach 20 Jahren als Führungskraft in der Werbung arbeitet er seit 2005 als zertifizierter Wirtschafts-Coach und betreut Führungskräfte in Deutschland und Österreich.

Bisherige Veröffentlichungen:
Hungry Heart – eine zirkuläre Biografie, 2015
Toolbox – das beinahe ultimative Universal-Handbuch
für Führungskräfte, 2016